ALÉM DA MURALHA

17,00
Lit. EST

CB131356

Além da Muralha

Explorando o universo de AS CRÔNICAS DE GELO E FOGO,
de George R. R. Martin

Organização
James Lowder

Tradução
Marcia Blasques

LeYa

"Histórias para as noites que virão" © 2012 / R. A. Salvatore
"Palácio do amor, palácio da dor" © 2012 / Linda Antonsson e Elio M. García Jr.
"Homens e monstros" © 2012 / Alyssa Rosenberg
"Mesma canção em outro tom" © 2012 / Daniel Abraham
"Um mundo incerto" © 2012 / Adam Whitehead
"De volta ao Ovo" © 2012 / Gary Westfahl
"A arte imita a guerra" © 2012 / Myke Cole
"O custo brutal da redenção em Westeros" © 2012 / Susan Vaught
"Sobre lobos gigantes e deuses" © 2012 / Andrew Zimmerman Jones
"Uma espada sem cabo" © 2012 / Jesse Scoble
"Petyr Baelish e a máscara da sanidade" © 2012 / Matt Staggs. (Partes deste ensaio aparecem substancialmente diferentes sob o título "Petyr Baelish: Portrait of a Psycopath", em suvudu.com, 7 de julho de 2011.)
"Um tipo diferente de outro" © 2012 / Brent Hartinger
"Poder e feminismo em Westeros" © 2012 / Caroline Spector
"Colecionando As Crônicas de Gelo e Fogo na era do Nook e do Kindle" © 2012 / John Jos. Miller
"Além do gueto" © / 2012 Ned Vizzini
"Em louvor à história viva" e outros materiais © 2012 / James Lowder

Tradução para a língua portuguesa © 2015, Leya Editora Ltda., Marcia Blasques
Título original: *Beyond the Wall: Exploring George R.R. Martin's A Song of Ice and Fire, from A Game of Thrones to A Dance with Dragons*

Todos os direitos reservados e protegidos pela Lei 9.610, de 19.2.1998.
É proibida a reprodução total ou parcial sem a expressa anuência da editora.

Este livro foi revisado segundo o Novo Acordo Ortográfico da Língua Portuguesa.

Preparação de texto: Gabriela Hengles, Mariana Zanini e Meggie Monauar
Revisão: Lizandra M. Almeida e Patricia Bernardo de Almeida
Diagramação: Camila Araújo e Júlia Yoshino
Capa: Rico Bacellar
Imagem de capa: Shutterstock / © Fernando Cortes

Dados Internacionais de Catalogação na Publicação (CIP)
Angélica Ilacqua CRB-8/7057

Além da muralha : explorando o universo de As crônicas de gelo e fogo, de George R. R. Martin / organização de James Lowder ; tradução de Marcia Blasques. – São Paulo: LeYa, 2015.
240 p.

ISBN 978-85-441-0198-8
Título original: *Beyond the Wall: exploring George R.R. Martin's A Song of Ice and Fire, from A Game of Thrones to A Dance with Dragons*

1. Literatura fantástica - Ensaios 2. Martin, George R. R. 3. Literatura norte-americana – Ensaios I. Lowder, James II. Blasques, Marcia

15-0201 CDD 813.54

Índices para catálogo sistemático:

1. Literatura fantástica - ensaios
2. Literatura norte-americana - ensaios

Todos os direitos reservados à
LEYA EDITORA LTDA.
Rua Desembargador Paulo Passaláqua, 86
01248-010 – Pacaembu – São Paulo – SP
www.leya.com.br

Sumário

Prefácio . 7
Histórias para as noites que virão
R. A. Salvatore

Introdução . 13
Em louvor à história viva
James Lowder

Palácio do Amor, Palácio da Dor . 19
Romantismo em As Crônicas de Gelo e Fogo
Linda Antonsson e Elio M. García Jr.

Homens e Monstros . 33
Estupro, mitificação, ascensão e queda de nações em As Crônicas de Gelo e Fogo
Alyssa Rosenberg

Mesma Canção em outro Tom . 47
Adaptando A Guerra dos Tronos *para* graphic novel
Daniel Abraham

Um Mundo Incerto . 61
História e contagem do tempo em Westeros
Adam Whitehead

De Volta ao Ovo . 71
Os prelúdios de As Crônicas de Gelo e Fogo
Gary Westfahl

A Arte Imita a Guerra . 89
Transtorno do estresse pós-traumático em As Crônicas de Gelo e Fogo
Myke Cole

O Custo Brutal da Redenção em Westeros . 105
Ou... Que ambiguidade moral?
Susan Vaught

Sobre Lobos Gigantes e Deuses . 123
Andrew Zimmerman Jones

Uma Espada sem Cabo . 139
Os perigos da magia em (e para) Westeros
Jesse Scoble

Petyr Baelish e a Máscara da Sanidade . 157
Matt Staggs

Um Tipo Diferente de Outro . 169
O papel das aberrações e dos párias em As Crônicas de Gelo e Fogo
Brent Hartinger

Poder e Feminismo em Westeros . 183
Caroline Spector

Colecionando *As Crônicas de Gelo e Fogo* na Era do Nook e do Kindle . 203
John Jos. Miller

Além do Gueto . 217
Como George R. R. Martin combate a guerra dos gêneros
Ned Vizzini

Agradecimentos . 235

Sobre o Organizador . 237

Prefácio

Histórias para as noites que virão

R. A. Salvatore

Por que fantasia?

Por que escrevê-la? Para entreter? Para esclarecer? Para abrir novos caminhos para as alegorias? Para contrapor espiritualidade com magia?

Fico incomodado quando ouço Margaret Atwood afirmar que ela não é uma autora de fantasia, como se, de algum modo, esse rótulo diminuísse a qualidade de seu trabalho; da mesma forma que fiquei incomodado, há três décadas, quando meu professor favorito de literatura descobriu que eu estava lendo *O Senhor dos Anéis*, de Tolkien, no meu tempo livre. Como seu rosto ficou vermelho de raiva! Ele estava me incentivando a ir para sua amada Brandeis*, para segui-lo em sua formação literária, e se irritou com a ideia de que eu estava desperdiçando meu intelecto com tais disparates.

Meu professor se aposentou há muito tempo, mas Tolkien, certamente, não. Seu universo fantástico ecoa em livros, filmes e

* A Universidade Brandeis, localizada em Massachusetts (EUA), destaca-se pelas atividades de ensino e pesquisa voltadas prioritariamente para as artes liberais. (N. T.)

programas de televisão. Está presente na gênese da forma artística dos videogames.

Mas, mesmo hoje, o preconceito permanece, enquanto professores que ensinam Gilgamesh e Beowulf, Homero e Dante, prezam pela importância em lugar da ironia. E não para por aí: quando veem trabalhos específicos de ficção fantástica, como *As Crônicas de Gelo e Fogo*, de George R. R. Martin, alcançando algum respeito e reconhecimento, há sempre uma voz que se apressa em negar a noção de que obras de qualidade podem ser, na verdade, obras de literatura fantástica. Quer se trate de declarações do próprio autor, como as de Margaret Atwood e Terry Goodkind, ou da jogada de marketing ligada aos livros — Chris Paolini é uma "criança prodígio que escreve histórias para adultos jovens"; Philip Pullman é um escritor de alegorias religiosas (ou antirreligiosas); J. K. Rowling faz parte da bela tradição britânica dos contos para estudantes —, o fato de que essas maravilhosas obras caem bem sob o rótulo de fantasia é sempre subestimada. Mas será que essas histórias, mesmo sendo do gênero fantasia, são também tudo isso que os intelectuais e a propaganda diz? É claro que sim, ou não teriam sucesso.

Ou será que elas não são nada disso, e os próprios rótulos as separam em fatias pequenas demais para serem saboreadas? Qual o verdadeiro problema aqui? Será que o brilho de *O Conto da Aia* deve ser diminuído por um rótulo? Se esse é o caso, então realmente estamos falando de superficialidade, mas não na obra.

Peter Jackson recebeu críticas nada amistosas da realeza de Hollywood por seu apaixonado tratamento de *O Senhor dos Anéis* como uma obra séria e fantástica. Milhões de fãs reconheceram e apreciaram seus esforços, ainda que a Academia não tenha feito o mesmo — ou até tenha feito, mas de má vontade. Espero que meu professor favorito do ensino médio tenha visto os filmes e, se o fez, que a experiência o tenha ajudado a abrir os olhos para entender, como Peter S. Beagle escreveu na edição de 1973 do épico de Tolkien, que o que o autor realmente fez foi "drenar nossos pesadelos, sonhos e fantasias, sem nunca os ter inventado: encontrou para eles um lugar onde viver, uma alternativa simples para a loucura diária de um mundo envenenado".

Os filmes de Jackson têm ajudado a enxergar o absurdo que é usar o rótulo como uma forma de condenação. Mas, senão Jackson, então certamente George Martin tem feito isso, e espero que de forma definitiva.

Tive o prazer de participar de uma conferência com George há alguns anos; era mais como se estivéssemos sentados ao redor de uma fogueira de acampamento, em uma noite escura de inverno, contando aventuras entre sussurros. Ouvi-lo recontar histórias de uma infância passada entre os livros é ouvir uma carta de amor à ficção especulativa*. Não há como fugir disso: George Martin escreve fantasia — descaradamente, orgulhosamente, apaixonadamente.

Ele também cria personagens brilhantes: heróis para aplaudir e, com muita frequência, por quem chorar; vilões para odiar, mas, mais do que isso, para compreender (e talvez para vê-los como lados obscuros de nossa própria natureza); monstros para fazer refletir sobre os mais básicos e profundos medos humanos, aqueles para os quais, aliás, não existem respostas. O sucesso de Martin não é fruto de um segredo, tampouco do acaso. Os personagens do escritor são reais para ele, não importa qual a essência deles, e ele os descreve com tal afeição que essas figuras se tornam reais também para os leitores.

* Termo que abrange os gêneros da ficção que contêm elementos sobrenaturais, fantásticos ou futuristas, em geral. Como certas obras possuem afinidade com mais de um desses gêneros, o termo "ficção especulativa" pode ser adotado para se referir a elas. (N.T.)

Esse é o trunfo da fantasia. Esqueça as armaduras e as pompas, apague o redemoinho da magia e ignore os castelos dos contos de fadas; e você terá elfos, anões e orcs malvados que o autor precisou tornar, no fim das contas, humanos. Se os leitores não conseguem se identificar com a forma com que esses personagens reagem à pressão de seu ambiente, o livro, como qualquer outra obra de qualquer outra categoria, falhará.

Então, por que fantasia? Pelas mesmas razões que qualquer gênero narrativo. Um autor escreve para levar as pessoas a fazer perguntas, mais do que para lhes dar respostas, e a realização suprema da literatura é começar uma conversa. Ler os ensaios deste livro é reconhecer a profundidade e a amplitude do diálogo que *As Crônicas de Gelo e Fogo* iniciaram.

George Martin teceu para nós a tapeçaria de Westeros, rica em personagens poderosos que veem o mundo através de um prisma diferente e, às vezes, mágico. E, ainda assim, criamos empatia, simpatizamos com eles, vivemos com esses seres exóticos e nos solidarizamos com eles. Vemos verdade suficiente da condição humana em cada um deles para nos apaixonarmos ou para odiarmos. Classifique como quiser: chame de fantasia, *low fantasy*, *high fantasy* ou alegoria. Sinta-se livre para colocar o rótulo que desejar.

Tenho certeza de que esses rótulos não incomodarão George, independentemente de como forem aplicados. Porque o que ele sabe, e o que seus milhões de fãs de Martin e os ensaístas deste livro certamente sabem, é que ele escreve livros incríveis, para esta noite e para todas as que virão.

R. A. Salvatore já colaborou em quase 50 livros, e teve mais de 17 milhões de exemplares vendidos apenas nos Estados Unidos, tornando-se uma das mais importantes figuras da fantasia épica moderna. Seu primeiro grande trabalho ocorreu em 1987, quando a TSR Inc., responsável pela publicação de *Dungeons & Dragons*, ofereceu-lhe um contrato por um livro ambientado no cenário de RPG *Forgotten Realms*. Seu primeiro romance publicado, *A Estilha de Cristal*, foi lançado em fevereiro de 1988 e chegou ao número dois da lista de mais vendidos da rede de livrarias Waldenbooks. Em 1990, seu terceiro livro, *A Joia do Halfing*, entrou na lista do *The New York Times*. Com um contrato para mais três livros com a TSR e mais dois romances vendidos para a editora Penguin, o autor percebeu que "parecia uma boa ocasião para largar o emprego". Além de seu trabalho como escritor, Salvatore está envolvido com design de jogos, com destaque para a criação de um mundo completamente novo para a 38 Studios, que serve de cenário para o RPG *Kingdoms of Amalur: Reckoning*, e também com a fundação de seu primeiro MMORPG*, que tem o apelido de *Copernicus*. Seu trabalho mais recente é a última parte da trilogia *Neverwinter*, publicada em 2012.

* Sigla para *massive multiplayer online role-playing game,* jogo de computador ou videogame que permite a milhares de pessoas jogar simultaneamente em um mundo virtual dinâmico na internet. (N. T.)

Introdução

Em louvor à história viva

James Lowder

Em agosto de 1996, quando *A Guerra dos Tronos* chegou às livrarias*, os fãs de fantasia e ficção científica pensavam saber o que tinham diante de si. Por mais de duas décadas, George R. R. Martin produziu de modo consistente uma prosa inteligente e bem trabalhada, com enredos previsivelmente imprevisíveis. Especialistas no assunto, juntamente com fãs e estudiosos do gênero de ficçao, haviam agraciado esses trabalhos com um conjunto impressionante de indicações e prêmios que se estendia desde o início dos anos 1970. O novo lançamento de Martin era algo previsível, pelo menos para aqueles que o conheciam, e a aposta certa era a de que o livro ganharia várias indicações para prêmios, se não as próprias estatuetas.

Os poucos milhares de leitores que adquiriram a primeira edição de *A Guerra dos Tronos* abriram o livro para se deparar, sem surpresas, com uma história sombria e focada nos personagens. Como em muitas das primeiras obras de Martin, história e

* No Brasil, o livro *A Guerra dos Tronos* foi lançado em 2010 pela LeYa. (N. T.)

tradição fantástica — em especial de autores menos conhecidos de *weird fantasy*, como Mervyn Peake e Jack Vance — compõem o rico cenário. Raspe a tinta dos brasões das casas e, sob leões dourados e lobos gigantes e cinzentos, é possível vislumbrar a rosa vermelha dos Lancaster e a rosa branca dos York. Mapeie os traiçoeiros telhados de Winterfell, enquanto Bran Stark corre por eles brincando, e conseguirá ver onde ele poderia topar com Steerpike, enquanto o anti-herói caminha pelo imenso telhado em ruínas do castelo Gormenghast*.

Como esperado, os especialistas indicaram *A Guerra dos Tronos* para o World Fantasy Award e para o prêmio Nebula, enquanto a Associação de Ficção Científica da Espanha concedeu ao livro o prêmio Ignotus como melhor romance estrangeiro. Já os leitores da revista especializada *Locus*, por sua vez, o consideraram o melhor romance de fantasia do ano. Uma estreia impressionante para uma nova série, mas nada que sugerisse que os livros seriam bem-sucedidos, com um público de fora do circuito convencional da ficção científica. Críticos de veículos mais tradicionais, como os do jornal *Washington Post*, ecoaram esse sentimento quando declararam que o volume era entretenimento garantido para fãs de histórias de reis e magos, mas continha falhas que limitavam seu apelo para um olhar mais rigoroso do que o dos obstinados leitores de fantasia.

Mas tudo isso são águas passadas. Opiniões sobre *As Crônicas de Gelo e Fogo*, como a própria série, continuam a se desenrolar de formas que ninguém poderia ter imaginado em 1996. Os livros conquistaram um lugar consistente no topo das listas dos mais vendidos. São a fonte de uma série televisiva de sucesso na HBO. O nome de Martin pode ser encontrado na relação da revista *Time* das pessoas mais influentes do planeta, ao lado de

* *Gormenghast* é um romance de Mervyn Peake. (N. T.)

nomes como o do fundador do Facebook, Mark Zuckerberg, e do presidente dos Estados Unidos, Barack Obama.

Quando *A Dança dos Dragões* foi publicado, em 2011*, até o *Washington Post* havia mudado de tom, igualando a expectativa do público pelo novo volume com a que foi vivida pelos fãs de ninguém menos que o fenômeno *Harry Potter*. O último volume de *As Crônicas de Gelo e Fogo* era um livro, segundo o jornal, "com raro — e potencialmente enorme — apelo". Certamente os números de venda embasaram a afirmação. A modesta primeira impressão de *A Guerra dos Tronos* parecia uma lembrança distante, agora que *A Dança dos Dragões* vendia centenas de milhares de exemplares só na primeira semana. A demanda era tão grande que a sexta impressão foi encomendada antes da data oficial de chegada do livro às livrarias. O jornal norte-americano *Green Bay Gazette* relatou que, para satisfazer todos os novos leitores, imprimiu-se a espantosa quantia de quatro milhões de exemplares dos volumes um ao quatro da série, só na primeira metade do ano. A adaptação da HBO, que estreou alguns meses antes do lançamento de *A Dança dos Dragões*, colaborou muito para intensificar o burburinho, mas essa exposição isoladamente não justifica o crescimento exponencial de leitores.

A série *As Crônicas de Gelo e Fogo* não é uma leitura trivial. Enfrentar uma enorme pilha desafiadora de romances exige comprometimento suficiente para fazer com que leitores menos dedicados e fãs de novidades logo mudassem de ideia e direcionassem sua atenção para uma forma de entretenimento menos assustadora, caso a narrativa não fosse brilhante. Martin demonstra de todas as formas possíveis — seja pela quantidade de páginas de cada volume da série ou pelas longas listas de nomes no apêndice — que o trabalho será árduo. Ou, pelo

* *A Dança dos Dragões* foi lançado no mercado brasileiro no segundo semestre de 2012. (N. T.)

menos, *parecerá* ser árduo. Um dos aspectos mais notáveis da série é que os capítulos curtos, focados nos vários pontos de vista dos personagens, tornam os livros imediatamente acessíveis, enquanto todo o resto sugere o contrário.

Esse jogo de confundir expectativas é fundamental para o sucesso de *As Crônicas de Gelo e Fogo*.

Na verdade, rotular isso de "jogo"* não é sugerir que seja uma mera frivolidade. Embora possa haver um pouco de sadismo em sua forma de narrar, Martin leva isso a sério — assim como leva seus jogos a sério. Afinal, ele se identifica como um apreciador de jogos. Esse interesse abriu espaço para que fossem criados muitos jogos de tabuleiro, RPG e jogos de cartas baseados na série, todos elaborados de forma inteligente e aclamados pela crítica. Como informa o título do primeiro volume da série (em inglês, *Game of Thrones*), os jogos fazem referência à obra de modos bastante interessantes, que vão desde o tratamento temático — as coisas que os personagens veem como um jogo, ou, mais comumente, como estratégias, são variações da tática já citada de confundir expectativas — até a estrutura básica da história, com os capítulos focados em personagens funcionando como o movimento de peças em uma batalha em miniatura.

Quanto à estratégia narrativa, Martin emprega referências e alusões históricas e literárias, assim como convenções abertas de gênero, para criar expectativa nos leitores. O leitor que levar essas definições muito à risca, no entanto, ficará surpreso, em especial se estiver acostumado à fantasia confortadora das obras de J. R. R. Tolkien e C. S. Lewis, nas quais o rei de direito é aquele que termina no trono porque o mundo é, afinal, racional e moral. É mais provável que Martin se aproxime dos mais

* O título original do primeiro livro da série é *Game of Thrones*. O termo "game" pode significar tanto "jogo" quanto "caça". No Brasil, o título da obra é *A Guerra dos Tronos*. (N. T.)

obscuros escritores de *weird fantasy*, ou da ficção histórica ou do horror, o que lhe permite levar ao extremo as regras do gênero e subverter as mesmas convenções nas quais inicialmente parecia se apoiar. Até mesmo a HBO embarcou nessa criação intencional de falsas expectativas, ao fazer do condenado Eddard Stark, interpretado por Sean Bean, o garoto-propaganda da primeira temporada de *Game of Thrones*. Era uma brincadeira irônica para quem já conhecia o destino de Ned — o inverno está chegando, de fato — e uma forma eficaz de impressionar os que vivenciavam Westeros pela primeira vez na série.

Essa estratégia narrativa também resulta em textos que estão prontos para múltiplas interpretações e são ideais para o tipo de discussões que desenvolvemos neste livro. Aqui exploraremos, entre outros tópicos, as perspectivas conflitantes de cada personagem, os mistérios que permeiam seu passado e seu futuro, e o frequentemente confuso universo moral de Westeros e das regiões vizinhas. Não deve ser surpresa que os ensaístas nem sempre concordem entre si, em especial sobre a natureza ou a existência de uma moral dentro da série. Estamos, afinal, falando sobre um mundo no qual nem mesmo as estações são confiáveis. O que os escritores aqui reunidos compartilham é o amor e o respeito por *As Crônicas de Gelo e Fogo*. São olhares e opiniões que delineiam novas perspectivas, sugestões que, esperamos, talvez façam os leitores contemplarem a obra de formas inéditas.

Obviamente, é um desafio escrever sobre qualquer série que ainda não esteja terminada, e *As Crônicas de Gelo e Fogo* é uma obra particularmente difícil de definir — e não apenas para os críticos. Afinal, a série começou como uma trilogia. Foi assim que o agente de Martin a vendeu, no início. Ele esperava terminá-la em cinco volumes. Agora, são sete. A história cresceu milhares de páginas do plano original de Martin, e o prazo final para o lançamento de cada novo volume se tornou tão fluido quanto o total dessas páginas. Tem sido um parto confuso, sem dúvida, mas isso deve animar muito os leitores. Significa que a história está sendo contada como deveria — como seu criador *quer* que seja contada. O caos é um sinal de liberdade criativa. Mostra o quão vital e quão orgânica esta série magnífica se tornou.

"Prefiro minha história morta. Esta escreve-se com tinta", diz Rodrik Harlaw, o Leitor, em *O Festim dos Corvos*, "e a espécie viva, com sangue."

O Senhor de Dez Torres pode preferir sua história morta, mas eu prefiro a minha viva, obrigado. Minha ficção também. E, no que se refere a *As Crônicas de Gelo e Fogo*, milhões de leitores ao redor do mundo — especialistas em ficção especulativa e um grupo muito maior simplesmente dedicado a narrativas brilhantes e interessantes — parecem concordar. A natureza contraditória de Westeros e de seus habitantes, a tensão entre o processo criativo caótico e a prosa meticulosa e magistral de George R. R. Martin podem desafiar tanto críticos quanto leitores, mas também são o material do qual a boa literatura é feita.

Palácio do Amor, Palácio da Dor

Romantismo em As Crônicas de Gelo e Fogo

Linda Antonsson e Elio M. García Jr.

A passagem do tempo traz mudanças para todas as coisas. O gênero da fantasia moderna tem visto tendências irem e virem nos últimos quinze anos, mas uma das mais duradouras começou com o sucesso crescente de *A Guerra dos Tronos*, de George R. R. Martin. Assim como ele seguiu os passos de J. R. R. Tolkien, Stephen R. Donaldson e de autores de fantasia mais contemporâneos, como Robert Jordan e Tad Williams, outros autores têm sido influenciados pelas marcas que os leitores associam com a série de romances criada por Martin. Palavras como "realista", "corajoso" ou "brutal" são termos recorrentes quando se discute *As Crônicas de Gelo e Fogo*, e não se pode negar que esses aspectos da história chamam muito a atenção. Contudo, a força dos romances não é baseada só no realismo literário. Na verdade, ele contrasta com outro aspecto fundamental da narrativa: o romantismo de Martin.

Para alguns, romantismo pode remeter ao universo dos livros de romance barato. O romantismo que relacionamos ao trabalho de Martin é bem específico: a ênfase na emotividade e no individual, um olhar que se volta com firmeza para o passado e a crença no indomável espírito humano. Todos esses aspectos são marcas do movimento romântico do século 19, com o qual Martin se identificou em obras anteriores. O romantismo tem uma presença palpável em seus contos premiados, assim como em seu romance *A Morte da Luz*, e especialmente em sua narrativa sobre vampiros, *Fevre Dream*, no qual se nota a nítida influência dos poetas românticos Lord Byron e Percy Bysshe Shelley. Embora Martin tenha declarado que considera seus trabalhos anteriores mais românticos do que suas últimas obras, a influência ainda pode ser claramente encontrada na série *As Crônicas de Gelo e Fogo*, provocando um efeito importante na apresentação da narrativa.

A manifestação mais predominante do romantismo é a ideia de passado, defendida por muitos personagens da obra. Parece ser parte da natureza humana idealizar o passado, supor que as coisas eram de algum modo "melhores" nos dias que se foram. O mesmo pode ser dito sobre como os personagens veem o passado de Westeros, citando exemplos de como o reino era melhor antigamente e como está em declínio agora. Um exemplo: a Patrulha da Noite teve seus contingentes reduzidos e sua causa negligenciada pela maioria dos grandes senhores e reis, quando comparados ao passado. Yoren descreve em *A Fúria dos Reis* que "um homem vestido de negro era banqueteado de Dorne a Winterfell, e até os grandes senhores achavam uma honra abrigá-lo sob seu teto".

Quanto há de verdade nessa colocação de Yoren, um membro mais velho da Patrulha? Provavelmente trata-se de uma declaração legítima, mas, ao mesmo tempo, parece provável ser uma simplificação — uma simplificação revelada quando Jon Snow pondera algumas das histórias que seu tio Benjen lhe contara de tempos passados, durante os quais os membros da Patrulha guerrearam uns contra os outros, e os Stark forçosamente a organizaram. Em geral, Jon Snow e outros rapazes guardam um tipo de imagem idealizada do nobre chamado da Patrulha da Noite, mas essa percepção é rapidamente maculada quando Tyrion Lannister observa que os irmãos negros são, em sua maioria, ladrões comuns e assassinos que escolheram a Muralha em vez da morte, e não indivíduos movidos por um senso de honra ou dever. A Patrulha vem diminuindo significativamente, com menos oficiais de nascimento nobre e menos homens capazes de modo geral... Mas certamente os membros da irmandade não eram todos protótipos de alto nascimento, nem mesmo nos primórdios.

A história da Patrulha e como ela é representada merece um ensaio à parte, mas também é um exemplo fácil. No entanto, um exemplo mais geral de romantismo pode ser encontrado nos acontecimentos da Rebelião de Robert — quinze anos antes do início dos romances, um pouco mais do que isso na série de TV —, que mais têm peso sobre a narrativa presente. Os eventos ligados àquela guerra, tanto aqueles que levaram a ela quanto os que vieram imediatamente a seguir, influenciaram diretamente as vidas de quase todos os personagens importantes da série. A aura melancólica e mitológica que permeia as memórias que vários personagens têm desses fatos proporciona uma abordagem interessante do romantismo na série, pois combina um dos assuntos que Martin representa mais visceralmente — a violência da guerra — com a tendência de omitir os horrores em favor de recordações do que foi perdido.

Em resumo, a queda da dinastia Targaryen, seguida pelo aparente rapto de Lyanna Stark — então prometida a Robert Baratheon — pelo príncipe Rhaegar, e os subsequentes assassinatos de Lorde Stark e de seu herdeiro Brandon, por ordem de Aerys, o rei Louco, deram início a uma sangrenta guerra civil que durou quase um ano. Ao final dela, Aerys, Rhaegar, sua esposa e filhos estavam mortos, enquanto a rainha grávida fugia com o único filho sobrevivente de Aerys, e Lyanna morria sozinha nas Montanhas Vermelhas de Dorne. Os detalhes estão dispersos ao longo da série, mas a primeira e mais forte ligação que temos desse último acontecimento está na cripta sob Winterfell, revelada em uma das primeiras recordações desses eventos. Ali o rei Robert olha para a efígie de Lyanna Stark em sua tumba após um momento de solene silêncio, e suas palavras iniciais são: "Era mais bela que isto" (*A Guerra dos Tronos*). Imediatamente, a ideia que Robert tem de Lyanna é ligada ao passado, com a lembrança da beleza dela. Eddard fala da morte da irmã, cujos detalhes são vagos, mas trazem uma proximidade imediata, convidando o leitor ao reino dos sentidos: o quarto cheirando a "sangue e rosas"; o sussurro da voz dela enquanto implorava; o aperto de seus dedos; e as pétalas de rosa mortas e negras que caem de sua mão. O peso da tragédia e da derrota que marcam Eddard e Robert é palpável, gerando uma sensação partilhada de perda.

Mas será que Robert e Eddard têm a mesma ideia sobre Lyanna? Mais adiante, ainda no primeiro livro, ele afirma que ela jamais o "envergonharia", questionando sua decisão de lutar em um corpo a corpo. Eddard responde que, além de Robert não conhecê-la tão bem quanto ele, via "sua beleza, mas não o ferro que tinha por baixo" (*A Guerra dos Tronos*). Ver a imagem que tinha de Lyanna ser questionada leva Robert a se concentrar no argumento de Eddard contra sua participação, deixando Lyanna de lado. A fragilidade da ideia romântica de Robert é um traço que combina bem com sua ambivalência melancólica em relação a sua posição e deveres, falhas como homem, como marido e rei. É curioso notar a superficialidade do amor de Robert por Lyanna, uma vez que — como Martin indica —, se Robert passou quase todo o tempo no Vale ou em Ponta Tempestade, teve poucas oportunidades de ver Lyanna, menos ainda de falar com ela. Sua grande paixão pela moça parece ser diretamente proporcional ao sentimento de que ela lhe foi tirada, o que facilita a idealização de uma Lyanna que talvez não se pareça em nada com a sua verdadeira natureza.

Ao lado da ideia romântica de Lyanna como uma figura trágica está a contrastante impressão que recebemos sobre o príncipe Rhaegar, o homem que dizem ter iniciado a guerra com o (suposto) rapto de Lyanna Stark. Para Robert, ele não passa de um monstro que estuprou Lyanna até ela morrer, que roubou sua prometida, que merecia padecer mil mortes, e que, no fim, venceu porque estava morto junto com Lyanna, enquanto Robert vivia como uma sombra de si mesmo. E para Eddard? Há uma ambiguidade sobre como ele vê o príncipe Targaryen. Ned relembra sua vitória em Harrenhal em um sonho sobre o ano da falsa primavera, quando Rhaegar foi vencedor no torneio de justa e entregou a coroa de rainha da beleza para Lyanna, em vez de dá-la à sua esposa, a princesa Elia. Com isso, "todos os risos tinham morrido" (*A Guerra dos Tronos*). Eddard compara Rhaegar com Robert em um ponto, e os leitores têm uma prova de que o príncipe não é visto por Ned da mesma maneira que Robert o enxerga: ele duvida de que Rhaegar tenha visitado prostitutas e gerado filhos ilegítimos, como fez seu mais querido amigo e irmão.

Se Lyanna é uma personagem trágica que marcou as vidas de Eddard e Robert, Rhaegar é uma figura trágica mais generalizada, descrita de forma romântica — por outros personagens que não Robert, obviamente. Daenerys acredita que ele morreu pela mulher que amava, com o nome dela nos lábios. Já Sor Barristan Selmy, em uma descrição mais conhecida, diz o seguinte: "Gostava de dormir no salão arruinado, sob a lua e as estrelas, e sempre que regressava trazia uma canção. Quando se ouvia o príncipe tocar sua harpa com cordas de prata e cantar a respeito de penumbras, lágrimas e a morte de reis, era impossível não sentir que ele estava cantando sobre si e sobre aqueles que amava" (*A Tormenta de Espadas*). Não é somente uma figura romântica, mas extremamente romântica, porque o personagem parece prever a tragédia e a condenação. A fascinação romântica por ruínas e decadência entra em cena nessa descrição, e algumas das mais vívidas imagens da série têm a ver justamente com ruínas: Fortenoite, Pedravelhas, Vaes Tolorro e, principalmente, Solarestival, cuja lembrança moldou fortemente a vida de Rhaegar. Tais declarações e as hipóteses que elas geram sobre o relacionamento de Rhaegar com Lyanna têm um impacto marcante nos leitores. Quando a HBO organizou uma sessão para um *focus group*[*] antes do lançamento de *Game of Thrones*, perguntou-se quais eram os casais "mais românticos" da série. A maioria das participantes femininas aparentemente concordava que era Lyanna e Rhaegar — uma resposta um tanto curiosa, já que os dois eram personagens mortos e tinham pouquíssimo destaque na primeira temporada da série de TV, em comparação à presença deles no livro.

---

* *Focus group* (em tradução literal, "grupo de foco") é um recurso utilizado quando se quer avaliar um produto antes de lançá-lo no mercado. São selecionadas pessoas de diferentes perfis, que irão opinar livremente sobre aquele produto. Os objetos para análise são os mais variados, tais como roupas, alimentos, séries de televisão e até candidatos políticos. (N. T.)

A imagem que o próprio Eddard tem de Lyanna tende a ser mais familiar do que a de Rhaegar. Para ele, no entanto, os eventos do passado estão ligados à tragédia que se abateu sobre sua família, e não sobre ele, individualmente. Uma das imagens românticas mais marcantes da série, contudo, está diretamente relacionada aos acontecimentos que cercam a morte de Lyanna: o encontro mortal na Torre da Alegria entre Eddard Stark e seus seis companheiros contra três cavaleiros da Guarda Real de Aerys. Esse episódio, que encerra a guerra contra os defensores dos Targaryen, é apresentado durante um sonho febril de Eddard. Os seis homens que lutaram ao lado dele — cinco dos quais não sobreviveram — são espectros sem rosto, apesar do seu esforço para se lembrar deles. Mas os rostos dos três cavaleiros da Guarda Real — todos conhecidos; um deles, o "esplêndido" Sor Arthur Dayne, a quem Eddard chamava de "o melhor cavaleiro que já vi" (*A Fúria dos Reis*) — ainda estão muito claros em sua memória. Eddard é assombrado por aqueles acontecimentos: a morte de seus amigos, sua quase morte e a queda dos três cavaleiros que se sacrificaram para honrar os votos e juramentos que haviam feito. Como ele se lembra das palavras que disseram uns para os outros, a passagem pode ser lida como um diálogo ritualizado, que confere tons míticos ao confronto.

Enquanto os guerreiros partem para o ataque, Eddard se recorda do grito de sua irmã e das pétalas de rosa caindo, e então acorda. Martin observou que, por se tratar de um sonho, nem todos os aspectos da sequência precisam ser interpretados literalmente — um sinal, talvez, de que a intrusão de Lyanna no sonho de Ned não corresponde à sua presença literal. Mas a junção dessas duas imagens românticas — a trágica e amaldiçoada irmã e os últimos membros da Guarda Real, que eram um "exemplo brilhante" para o mundo — é um recurso que se relaciona firmemente aos alicerces temáticos da série.

Apesar de ter servido Aerys, esse não é o motivo pelo qual a reputação da Guarda Real está em frangalhos na época em que se passa *A Guerra dos Tronos*. O que de fato acabou com o lugar da Guarda Real como personificação da cavalaria e da honra no imaginário de Westeros foi o assassinato de Aerys por Jaime Lannister. Ela jurou sua vida e honra para defender o rei, e Jaime traiu esses valores de forma inequívoca. Sem dúvida, conforme nos aprofundamos na história, descobrimos que as coisas não são sempre como parecem, e que havia mais por trás dos acontecimentos do que um cavaleiro arrogante e desonrado usando o nome de sua família para trair o rei a quem jurou servir. O próprio Sor Jaime revela, em um capítulo com seu ponto de vista, que parte de sua motivação foi evitar que Aerys destruísse toda a cidade e seus habitantes, levado por alguma crença sem sentido de que o rei ressurgiria das cinzas no corpo de um dragão. Jaime é então condenado ao ostracismo, apelidado de Regicida, e difamado — pelas costas, em todo caso — por essa falha máxima, ainda que apenas ele conheça toda a história.

Além disso, Jaime tem ciência da postura da Guarda Real quanto à loucura de Aerys, quando homens, como o Senhor Comandante Sor Gerold Hightower e Sor Jonothor Darry, lhe disseram para manter seu posto e jamais julgar o rei, nunca interferir se ele quisesse atacar alguém, incluindo sua própria esposa, injustamente. Mesmo assim, Jaime ignora essas verdades, recusando-se, por egoísmo, a partilhá-las, para que ninguém ouse julgá-lo pelo que fez. Isso faz de Jaime um belo, talentoso e rico filho da família mais rica dos Sete Reinos, membro da Guarda Real, um pária em uma sociedade que normalmente o encheria de elogios e honras, mas que não pode tolerar sua falta de arrependimento.

Esse pano de fundo transforma Sor Jaime em uma figura totalmente romântica: um herói byroniano. Batizado assim por conta do grande poeta romântico Lord Byron, cujos personagens frequentemente exemplificam o tipo, esse herói é "louco, mau e perigoso na aparência", com uma série de traços que o caracterizam: cinismo, astúcia, desrespeito pela autoridade, inteligência, comportamento autodestrutivo, um passado atribulado, entre outros. Uma vez que estamos na mente de Jaime e o vemos a partir de sua perspectiva, muitos desses traços se aglutinam e fica claro que ele não é o vilão estúpido que aparenta ser no primeiro livro. O romantismo do homem mal compreendido e brilhante — ainda que a inteligência de Jaime seja mais marcial do que intelectual — é bastante explorado na escola literária. Sobreviveu tanto na literatura moderna como na mídia. No romantismo costuma haver um foco no indivíduo como figura-chave que precisa ser entendido para ser completamente apreciado. Os pecados do passado podem ser perdoados, ou pelo menos reavaliados, quando colocados no contexto mais amplo do funcionamento interno do personagem.

A jornada de Jaime nos últimos livros da série pode ser vista como uma recapitulação da jornada que Childe Harold faz no poema de Lord Byron, quando escapa de uma prisão física para entrar em outra: a de suas próprias ações e de sua reputação. Jaime é constantemente julgado pelo que fez, e não pelos motivos que o levaram a agir de determinada maneira. Agora aleijado, colocando em dúvida tanto sua identidade como um guerreiro quanto seu valor pessoal, Jaime é levado, em seu declínio, a se reavaliar à luz dos ideais que teve no passado — os ideais de um jovem que queria ser Arthur Dayne e terminou, em vez disso, como o Cavaleiro Sorridente.

Curiosamente, o irmão de Jaime, Tyrion, também é uma figura byroniana. Embora faltem ao anão os traços típicos de boa aparência e apelo sexual, na maior parte das outras particularidades ele se encaixa muito bem. Sua posição de intruso é impulsionada por sua deformidade física, o que o torna nada atraente e um alvo fácil de chacota, mas também é causada por seu comportamento público e pela infeliz situação familiar na qual vive. Em um cenário no qual a família significa tudo, o fato de Tyrion ser ignorado pelo pai, que o despreza e provavelmente o odeia, é tão incapacitante quanto ser um aleijado. Ele então se torna uma figura cínica, aborrecida, com uma incrível necessidade de amor e atenção, mas cansado do preço que precisa pagar, às vezes literalmente, para alcançá-los.

Ele é inteligentíssimo, e se mostra capaz de enormes feitos de engenhosidade e comando. Mas, qual a sua recompensa no final? Traição da família, da mulher que pensava amar, da esposa que tentou amar. É expulso e considerado, sob pena de morte, fora da lei, abandonado em uma terra estrangeira e hostil no leste. Tyrion conquista o público com sua inteligência aguda e decência inata, mas faz coisas terríveis ao longo do caminho — e ainda assim os leitores o perdoam por essas ações, justamente a recepção clássica que os heróis byronianos recebem dos que leem sobre eles.

O romantismo dos irmãos Lannister e da Rebelião de Robert e as tragédias que esses eventos provocaram podem ser conectados pela Teoria do Grande Homem, que dominou os círculos acadêmicos durante alguns anos em que Martin frequentou a faculdade. Essa teoria é uma reflexão sobre a era romântica, na medida em que supõe que a história do mundo é, em grande parte, impulsionada por indivíduos que iniciam acontecimentos revolucionários. Essa abordagem caiu em desuso, como o próprio Martin disse para um leitor que observou que, durante seu curso de graduação, a "Guerra dos Três Henriques" começou a ser chamada de "Guerras Religiosas", quando a historiografia socioeconômica passou a dominar os discursos acadêmicos.

Na narrativa, a afinidade de Martin com essa teoria é menos acadêmica e mais uma questão pragmática. Leitores se identificam com personagens e não com tendências socioeconômicas, então é natural colocar protagonistas e antagonistas como os instigadores primários dos acontecimentos. Os movimentos sociais têm lugar nas obras de Martín — em uma tentativa independente da Irmandade sem Bandeiras de trazer justiça durante a guerra civil, os "pardais" seguem os Sete e se reúnem para protegerem-se uns aos outros contra os predadores. Mas sempre há um indivíduo central para guiar os demais, ou mesmo motivá-los, como com o "Senhor do Relâmpago", Beric Dondarrion, e o septão sem nome que é alçado pela multidão de pardais para se tornar Alto Septão. Esses indivíduos oferecem aos leitores uma janela direta para dentro desses movimentos, e ao estudá-los é possível chegar a conclusões quanto aos valores fundamentais e a justiça de suas respectivas causas.

No entanto, o próprio ato de focar em um indivíduo como instigador primordial da ação se encaixa no padrão de romantismo que Martin estabeleceu na série. Os personagens são indicados diretamente para serem grandes homens: Tywin Lannister é chamado de "maior homem surgido em mil anos"; Robert, durante a guerra, é descrito em termos exacerbados; Robb Stark é saudado como o Jovem Lobo, responsável por uma série de vitórias militares. Em cada um desses casos, a tragédia, o desastre ou a ignomínia — algumas vezes os três — perseguem esses personagens de perto, e todos eles encontram fins horríveis; as grandes expectativas do início se tornam cinza quando suas vidas se acabam. Não importa o quanto os personagens dos Sete Reinos — e os leitores dos livros — romantizem esses "grandes homens" e suas guerras passadas e presentes, e encontrem infinitas virtudes para louvar, todos caem por terra: Tywin é morto na latrina, Robert é destripado por um javali, Robb Stark é traído e tem seu cadáver profanado. Tywin pode ser um caso isolado, já que sua vida não estava em franco declínio quando encontrou um lamentável fim, mas, em relação a Robb e Robert, é possível notar que suas posições vacilam e ficam mais fracas conforme os desastres se aproximam, oscilando em trajetórias decadentes que em nada se parecem com o início romântico de suas ascensões.

O que dizer, então, do romantismo de *As Crônicas de Gelo e Fogo*?

Justapor duas citações de Martin pode ser útil para encerrar essa análise. Nenhuma delas toca diretamente no assunto, mas juntas incorporam sua visão do romantismo. Em seu breve ensaio *On Fantasy*, ele explica o seu propósito de fantasia, a razão pela qual a lê e por que acredita em seu apelo. Na conclusão, escreve:

> Lemos fantasias para encontrar as cores novamente, acho. Para provar temperos fortes e escutar as canções das sereias. Há algo antigo e verdadeiro na fantasia que remete a algo profundo em nós, à criança que sonhava que um dia caçaria em florestas à noite, festejaria em cavernas e encontraria um amor que duraria para sempre em algum lugar entre o sul de Oz e o norte de Shangri-Lá.

É possível comparar essa visão de fantasia de Martin com seus comentários em uma entrevista para a revista *Time*, quando fala da decadência em sua ficção, em relação à sua história familiar:

> E acho que isso sempre me deu esse sentimento de era de ouro perdida, sabe, agora somos pobres e vivemos de conjuntos habitacionais e moramos em

> um apartamento. Não tínhamos nem um carro, mas, céus, éramos... Já fomos realeza! Isso me causa uma certa atração por esse tipo de história, de civilizações caídas, impérios perdidos e tudo isso.

O romantismo captura os dois aspectos das opiniões de Martin sobre fantasia e as histórias: preenche a obra com uma nova camada de "cor", com ressonâncias emocionais e uma espécie de maravilhamento, criando visões de amores trágicos e de uma nobreza condenada, o que destaca a decadência do cenário na dura realidade da história. Algumas das mais memoráveis cenas dos livros são carregadas de romantismo, mas em geral estão ligadas a um enigma, dando a sensação de que a história, em parte, é romântica porque não foi totalmente contada.

Será que a tragédia de Lyanna, a condenação de Rhaegar e a resistência final da Guarda Real serão todas reveladas como assuntos sórdidos, que não valem todas as lágrimas derramadas? Provavelmente, já que Martin tem o costume de por fim às idealizações. Mas enquanto essas visões românticas sobrevivem, elas encantam leitores e deixam Martin explorar a tensão entre a expectativa do que vai acontecer e a suspeita de que nada permanecerá intacto.

Linda Antonsson e **Elio M. García Jr.** se conheceram pela internet há muitos anos, quando ela estava estudando Clássicos na Universidade de Gotemburgo, na Suécia, e, ele, Literatura Inglesa e História Medieval na Universidade de Miami, em Coral Gables. Unidos pelo interesse mútuo em história e literatura fantástica, rapidamente descobriram e foram consumidos por sua fascinação por *As Crônicas de Gelo e Fogo*. Inicialmente, criaram um site sobre Westeros, com o objetivo de conseguir a permissão de Martin para fazer um jogo baseado em seus romances, mas o site cresceu rapidamente, até se tornar a maior fonte de informações sobre a série. Desde então, passaram a gerir a maior comunidade on-line dedicada a *As Crônicas de Gelo e Fogo*, assim como o maior wiki em língua inglesa.

Além de administrar o Westeros.org, Antonsson trabalha como tradutora, enquanto García atua como escritor *freelancer*. Participaram de vários projetos relacionados a *As Crônicas de Gelo e Fogo*, incluindo artigos para websites e revistas, contribuindo com vídeos e RPGs, apresentando *videocasts* como convidados e colaborando com adaptações para quadrinhos. Lançaram *O Mundo de Gelo e Fogo*, um guia em coautoria com Martin.

Homens e Monstros

Estupro, mitificação, ascensão e queda de nações em As Crônicas de Gelo e Fogo

Alyssa Rosenberg

Não há dúvidas de que o mundo que George R. R. Martin criou em *As Crônicas de Gelo e Fogo* é brutal , muitas vezes de um jeito que só acontece nos livros. Com personagens que são esfolados, transformados em zumbis dentro de calabouços ou em demônios de gelo nas florestas do Norte, ou queimados até a morte por reis loucos e sacerdotisas visionárias, a vida em Westeros e além do Mar Estreito pode ser desagradável, cruel e curta. E se você for mulher — e algumas vezes até mesmo um homem —, a ameaça de ataque sexual é onipresente.

A política sexual da série tem sido um dos mais discutidos — e mais mal interpretados — aspectos dos livros de Martin e da adaptação da HBO. Ginia Bellafante, do jornal *The New York Times*, escreveu em sua crítica sobre a série que esse "drama de costumes com brincadeirinhas sexuais" sugere que "toda a nudez e todo o sexo foram jogados na série como um pequeno brinde para o público feminino, por medo de que, do contrário, nenhuma mulher a assistisse". Em uma discussão (propositalmente sarcástica) sobre a escrita de Martin em *A Guerra dos Tronos*, a blogueira feminista Sady Doyle escreveu que "George R. R. Martin é assustador [...]. Ele é assustador, em primeiro lugar, por causa de seus VINTE MILHÕES DE ESTUPROS GRATUITOS E/OU ABUSO SEXUAL E/OU CENAS DE VIOLÊNCIA DOMÉSTICA".

Quando a escritora Rachel Brown perguntou para ele, em uma entrevista de 2011, como decidia quando incluir cenas de violência sexual em seus romances, recebeu uma resposta que não desmerece completamente os argumentos dos críticos:

> Tenho recebido cartas, ao longo dos anos, de leitores que não gostam do sexo, dizem que "é gratuito". A mim parece que, na verdade, eles querem dizer "não gostei disso". Essa pessoa não quer ler isso, então é gratuito para ela. E, se sou culpado por publicar sexo gratuito, então também sou culpado pela violência gratuita, banquetes gratuitos, descrições gratuitas de roupas e heráldica gratuita, porque muito pouco disso é necessário para o desenrolar do enredo.

Martin não está brincando a respeito do volume de cenas de sexo e ataques sexuais, tão frequentes no livro quanto a apresentação de uma nova casa nobre ou a descrição de pratos nos banquetes. Apesar disso, as cenas de tais ataques são em geral vistas pelas lentes de lembranças dolorosas, em vez de acontecerem no tempo presente. Para os leitores sensíveis às cenas de estupros e violência doméstica, a quantidade de ataques ou de discussões sobre essas práticas pode ser uma barreira intransponível para desfrutar dos livros ou da série de TV. Todo mundo tem o seu limite de tolerância para a violência na arte, mas seria um erro sugerir que as descrições de violência sexual e doméstica em *As Crônicas de Gelo e Fogo* são gratuitas ou sensacionalistas.

Embora nem todos os ataques sexuais que ocorrem nos romances façam o enredo avançar, o estupro é um ato que suscita as guerras e os assassinatos que remodelam continentes e as leis daquele universo. E aqueles atos específicos que não impactam na maior parte do enredo ainda têm um propósito muito importante: o posicionamento em relação ao sexo e ao consentimento é o meio pelo qual os cidadãos de Westeros, os Nascidos do Ferro, o Povo Livre e os membros das sociedades além do mar estreito se distinguem uns dos outros. Em Westeros, em particular, onde a habilidade para matar é um sinal de masculinidade e até de honra, a má conduta sexual significa monstruosidade.

É a visita do rei Robert Baratheon a Winterfell, à fortaleza de seu antigo companheiro de armas, Ned Stark, que nos apresenta aos personagens cujas aventuras guiarão nosso caminho pelo universo de Martin. Robert justifica a guerra na qual ele e Ned lutaram juntos, e durante a qual ele usurpou a dinastia que precedeu a sua, em parte porque acreditava que o herdeiro daquela dinastia sequestrara, estuprara e assassinara Lyanna Stark, irmã de Ned e a mulher com quem Robert estava prometido para casar. Enquanto ele e Ned discutem sobre a guerra no primeiro volume, aquela suposta atrocidade é usada para selar o argumento de Robert de que a campanha fora justa: "O que Aerys fez ao seu irmão Brandon foi inqualificável. O modo como o senhor seu pai morreu, isso foi inqualificável. E Rhaegar... quantas vezes acha que ele violou sua irmã? Quantas *centenas* de vezes?".

Enquanto a derrota de Rhaegar é uma questão pessoal para Robert, para as gerações posteriores é um conto de fadas — eles transmitem esse conto de violência sexual e vingança para seus próprios filhos a fim de explicar por que (e como) Westeros é o que é. Como Bran Stark, filho de Ned, conta para as outras crianças: "Estava prometida a Robert, mas o Príncipe Rhaegar a raptou e a violentou [...]. Robert lutou uma guerra para reconquistá-la. Matou Rhaegar no Tridente com o seu martelo, mas Lyanna morreu e ele nunca a teve de volta" (*A Guerra dos Tronos*). O episódio mostra que Robert, na verdade, não conquistou o que queria ao acertar o peito do príncipe. Enquanto homens puderem raptar mulheres que outros homens amam, haverá guerras de honra — sem mencionar gerações e mais gerações de mulheres enfurecidas sob o fardo de desejos sexuais e românticos frustrados. Mas essa violência sexual pertence ao domínio de monstros como Rhaegar.

Conforme os personagens se afastam de Winterfell, as atitudes relacionadas a agressões sexuais se tornam um dos principais aspectos para avaliar as novas sociedades que encontram — e para definir-se em relação a esses povos. Quando Jon Snow, filho bastardo de Ned Stark, se junta à Patrulha da Noite — o grupo de guerreiros celibatários que se dedica a guardar a muralha que divide a área de Westeros, sob o controle do rei dos territórios selvagens do outro lado —, ele fica desapontado ao descobrir que seus companheiros são, na maioria, criminosos, e não voluntários nobres e dispostos. Em um círculo vicioso, Westeros conta com criminosos para formar a Patrulha da Noite, particularmente estupradores, mas desencoraja jovens de mérito a se juntarem a eles, quando observa quem serão seus companheiros de vigília. Estupradores, porque não contêm seus impulsos sexuais, devem renunciar a esses prazeres, ainda que sejam fisicamente removidos da população de Westeros para garantir que cumprirão sua promessa.

Mesmo que a Patrulha da Noite tenha se tornado uma colônia penal, é um meio de proteger Westeros tanto de seus piores cidadãos quanto de seus inimigos externos, pois quando seus homens se aventuram para além da Muralha o estupro novamente se torna aquilo que os distingue de alguns indivíduos do Povo Livre — inclusive de seus aliados. Seu primeiro contato com o Povo e último ponto de refúgio é um homem chamado Craster, que construiu uma pequena fortaleza na floresta. Quando a Patrulha o visita pela primeira vez, Jon Snow reflete: "Dywen dizia que Craster era um fratricida, mentiroso, estuprador e covarde, e sugeria que traficava com comerciantes de escravos e com demônios" (*A Fúria dos Reis*). Para preservar sua relação com ele e distinguir seus homens, de Craster, Lorde Mormont ordena que a Patrulha da Noite não toque nas esposas do selvagem (que, por sinal, também são suas filhas). Na viagem de retorno, quando a disciplina se rompe, uma das primeiras consequências do caos é o estupro dessas mulheres, que anteriormente haviam sido consideradas sacrossantas. Essas ações marcam os homens como traidores e alvos adequados para o misterioso Mãos-Frias.

Do mesmo modo, quando Theon Greyjoy, protegido de Ned Stark, retorna à corte de seu pai, nas Ilhas de Ferro, encontra uma sociedade na qual o estupro é uma arma de guerra. Os parentes de Theon consideram que a única riqueza legítima provém do que é reivindicado em batalhas, tanto que seu pai o repreende por usar o ouro que lhe foi dado em vez daquele tomado à força. Eles separavam suas fêmeas cativas em duas classes: mulheres atraentes o bastante para servir como escravas sexuais de longo prazo, chamadas de "esposas de sal"; e aquelas sem atrativos, destinadas apenas ao trabalho físico. Essa atitude em relação às mulheres — o fato de que elas são propriedade nas Ilhas de Ferro e são tratadas de uma maneira que faz Westeros parecer um paraíso feminista — é um dos sinais de que Theon está em uma terra corrupta e perigosa.

Já Daenerys Targaryen, sobrevivente da dinastia cujo trono Robert Baratheon usurpou, vive exilada em Pentos, além do Mar Estreito, em um continente povoado por cidades-estados espalhadas e tribos nômades. Ela tenta definir seu governo e se distinguir dos outros pequenos tiranos que encontra com a proibição do estupro. Sua primeira tentativa de estabelecer esses novos costumes culturais acontece quando ainda é casada com Khal Drogo, um poderoso senhor da guerra entre os dothrakis. Daenerys intervém para conter os guarda-costas de Drogo na sequência de um ataque bem-sucedido que eles empreendem, em parte para consolidar seus planos de organizar uma invasão a Westeros e restaurar a dinastia Targaryen. Aquela intervenção não apresenta vantagens a Daenerys — a mulher que ela salva vê seu repúdio ao estupro como um paternalismo ingênuo, e isso convence muitos dos seguidores de Drogo de que Daenerys está afastando o marido dos valores culturais dos dothrakis.

Depois da morte de Drogo, quando ela emerge como líder militar por mérito próprio, sua posição contra o estupro, apesar de baseada em princípios, não basta para erradicar a agressão sexual nos territórios conhecidos como Baía dos Escravos, que ela conquista. Na verdade, seus esforços para governar com compaixão — da qual seu repúdio às agressões sexuais é um exemplo — marcam-na como uma governante vulnerável, alguém incapaz de instaurar o estado total de guerra defendido pelos outros líderes no continente. É um exemplo do poder limitado das boas intenções frente a práticas culturais inegociáveis e profundamente arraigadas.

Enquanto as tentativas de Daenerys de reformar a cultura sexual na Baía dos Escravos a colocam como uma força civilizadora, um dos sinais mais claros de que o governo Baratheon em Westeros está desmoronando é o declínio das normas sexuais, especialmente as que protegem as mulheres nobres de agressões fora da corte. Os Lannister começam a reconhecer que sua relação com o povo de Porto Real pode realmente estar insustentável após o motim no qual Lollys Stokeworth, uma integrante pouco importante e não exatamente popular da corte, é estuprada por mais de cinquenta homens. Essa agressão indica o profundo desprezo público em relação ao regime vigente.

A violência sexual também desempenha um papel na política da corte, e é usada com frequência na narrativa para mostrar como a nobreza está afastada de seus ideais. O rei Robert morre em decorrência de um ataque de javali, facilitado pelo vinho envenenado que sua rainha lhe oferece. Cersei Lannister busca vingança pelo estupro conjugal e pela violência doméstica aos quais Robert a sujeita regularmente, violando os ideais cavalheirescos. Seu filho Joffrey o sucede e prontamente intensifica essa dinâmica de abuso, tornando-a pública. Sansa Stark, filha de Ned, que está prometida a Joffrey, estava ansiosa pela perspectiva da união, mas, após a morte de Ned, Joffrey se revela um sádico — ela é desnudada e espancada pelos guarda-costas dele. Ter seus homens cometendo a agressão tecnicamente o absolve da culpa direta, mas também torna os cavaleiros cúmplices dos abusos e os obriga a escolher entre obedecer às ordens e bater em uma mulher. Ainda que nunca tenha chegado a cumprir sua promessa, Joffrey repetidamente ameaça estuprar Sansa, mesmo depois que ela se casa com o tio dele, Tyrion.

O próprio Tyrion é vítima e perpetrador de agressão sexual: seu pai, Tywin, ordena que a esposa camponesa do filho seja estuprada para punir Tyron, e chega a obrigá-lo a participar do crime. Não é a primeira vez que o estupro é utilizado como arma na venenosa dinâmica da família Lannister. Depois que Cersei acredita ter descoberto e capturado a amante de Tyrion, ele ameaça manter o filho da irmã como refém em troca da promessa de Cersei de manter a moça em segurança. "O que quer que lhe aconteça acontecerá também a Tommen, e isso inclui espancamentos e violações", ele diz para a irmã, pensando: "se me considera tão monstruoso, desempenharei o papel para ela" (*A Fúria dos Reis*).

A violência sexual também é a marca de dois dos maiores monstros presentes na série até o momento: o assustadoramente grande Gregor Clegane, a Montanha que Cavalga, e Ramsay Bolton, o filho legitimado de Roose Bolton, senhor do Forte do Pavor.

Há muitos boatos sobre a brutalidade de Gregor Clegane, mas o ato que define sua monstruosidade é o estupro e assassinato de Elia Martell, juntamente com a morte do filho dela. A história de suas atrocidades contra ela é contada diversas vezes na série, a partir de múltiplas perspectivas. É uma das primeiras coisas das quais Ned se recorda a respeito do homem quando ele chega à corte em *A Guerra dos Tronos*. Em uma longa lista de crimes possíveis, envolvendo irmãos mortos, incêndios misteriosos e criadas desaparecidas, o caso do estupro e da morte de Elia é a acusação mais explícita contra Gregor. É o momento em que ele extrapola todos os limites, excedendo as ordens de matar os últimos da linhagem Targaryen, e indo além do tipo de brutalidade doméstica que a sociedade de Westeros tolera, pelo menos enquanto mantida em privacidade, até chegar à vilania propriamente dita.

Mesmo que as pessoas que se beneficiam das atrocidades de Gregor possam apreciar seus resultados finais e se resignar ao fato de que alguém, afinal, precisa executar tais atos, sua brutalidade ainda os deixa extremamente desconfortáveis. Em *A Tormenta de Espadas*, Tywin Lannister, que nunca sentiu necessidade de justificar nada para o filho caçula, Tyrion, faz uma trégua em seu desprezo para tentar explicar como esse episódio aconteceu enquanto ele estava no comando do exército: "Admito que houve brutalidade em excesso", confessa. "[...] não lhe disse para poupá-la [Elia]. Duvido que tenha chegado a mencioná-la. Tinha preocupações maiores. [...] E ainda não tinha compreendido bem o que havia em Gregor Clegane, sabia apenas que ele era enorme e terrível em batalha". Ele se dispõe a confessar que ordenou o assassinato da família, mas a sugestão de que mandou Clegane agredir Elia é algo que rejeita: "O estupro... nem você poderá me acusar de ter dado *essa* ordem, espero eu".

Parece, por um momento, que o monstruoso Montanha será derrotado por um herói, quando Oberyn Martell, o príncipe estrangeiro irmão de Elia, enfrenta Gregor em um julgamento por combate. Durante o duelo, as provocações de Oberyn para que Gregor confesse seus crimes enfurecem o gigante. Mesmo assim, sua resposta soa mais como uma reafirmação triunfante do fato do que como um ato de repúdio:

> — Matei a criazinha chorona dela. — Lançou a mão livre contra o rosto sem proteção de Oberyn, enfiando dedos de aço em seus olhos. — E *então* estuprei-a. — Clegane esmagou o punho na boca do dornês, transformando seus dentes em lascas. — E depois esmaguei a porra da cabeça dela. Assim. — Quando puxou para trás o enorme punho, o sangue em sua manopla pareceu fumegar no ar frio da alvorada. Ouviu-se um *crunch* nauseante. (*A Tormenta de Espadas*)

É uma maneira monstruosa de terminar uma batalha, e que obriga a elegante sociedade de Westeros a reconhecer o tipo de aberração que tolerou em seu meio durante muitos anos. As atrocidades de Clegane podiam ser ignoradas enquanto ele mesmo se mantinha em silêncio sobre elas. Sua afirmação pública de culpa, no entanto, incrimina a nobreza por tolerá-lo.

O duelo marca a transformação de Clegane em, literalmente, um monstro, na pior acepção da palavra. Ainda que Montanha consiga matar Oberyn, a Víbora Vermelha envenena Gregor antes de morrer. Meistre Qyburn o leva então para seu laboratório e gradualmente o transforma em um campeão imbatível, assassinando membros inconvenientes da corte para roubar seus órgãos para uso próprio. Há que se considerar, no entanto, que esses acontecimentos são uma reflexão tardia, um mero detalhe no fato consolidado há muito tempo: Gregor Clegane não precisava da ajuda de ninguém para se tornar um monstro; a violência que cometera contra Elia já o havia definido assim.

Enquanto os crimes de Gregor começaram antes dos eventos do primeiro livro da série, testemunhamos o fortalecimento de outro monstro, cujas atrocidades cometidas contra as mulheres estão diretamente ligadas à sua aceitação crescente na sociedade de Westeros. A primeira coisa que sabemos de Ramsay Bolton, nascido bastardo, mas legitimado por seu pai, é que ele maltrata a esposa. Depois de reconhecido, ele se casa com a Senhora Hornwood para conseguir o controle de sua casa ancestral, e então a deixa morrer de fome em uma cela na torre. À medida que a história da morte se espalha, o fato que se destaca é que ela mastigou os próprios dedos na busca desesperada por comida, antes que a morte finalmente a abatesse.

A violência de Ramsay contra as mulheres é disseminada e notória. Como um nobre explica para outro, o Bastardo do Forte do Pavor tem o hábito inominável de caçar as mulheres nas quais está interessado: "Quando Ramsay as apanha, ele as estupra, as esfola, dá seus cadáveres para os cães e leva suas peles para o Forte do Pavor, como troféu. Se elas lhe proporcionaram uma boa caçada, ele corta suas gargantas antes de tirar suas peles. Caso contrário, ele as esfola vivas" (*A Dança dos Dragões*).

Quando Theon Greyjoy cai sob seu controle, o sádico o castra, o esfola parcialmente e o obriga a participar das agressões sexuais, especialmente contra uma criada que assumiu o lugar da filha mais nova do falecido Ned Stark, Arya. Então, ainda que não sejam as únicas vítimas de Ramsay, as mulheres, de uma forma ou de outra, sofrem os efeitos de seus crimes.

Com o tempo, descobrimos que o Bastardo do Forte do Pavor é, ele mesmo, produto de violência sexual. Roose Bolton estuprou a mãe de Ramsay, em um exercício de seu direito da primeira noite; uma história que relata em *A Dança dos Dragões*, com uma descontração arrepiante:

> Eu estava caçando uma raposa pelas Águas Chorosas quando acidentalmente cheguei a um moinho e vi uma jovem mulher lavando roupas no riacho. O velho moleiro pegara para si uma nova e jovem esposa, uma garota que não tinha nem metade da idade dele. Ela era alta, uma criatura esguia, de aparência muito *saudável*. Pernas compridas e pequenos seios firmes, como duas ameixas maduras. Bonita, com um tipo comum de beleza. No momento em que coloquei os olhos nela, eu a quis. Esse foi meu tributo. Os meistres dirão a você que o Rei Jaehaerys aboliu o direito dos senhores da primeira noite para apaziguar sua perversa rainha, mas onde os velhos deuses governam, o costume permanece [...]. Então eu o enforquei e reclamei meus direitos embaixo da árvore onde ele se balançava. Verdade seja dita, a camponesa mal valeu a corda. A raposa também escapou, e no caminho de volta para o Forte do Pavor, meu corcel favorito começou a mancar, então, no frigir dos ovos, foi um dia terrível.

Em *A Tormenta de Espadas*, Roose admite para Catelyn Stark que o sangue de Ramsay "está manchado, isso não é possível negar". Mesmo que, sem dúvidas, ele queira dizer que sua linhagem foi poluída por um filho ilegítimo que é parte camponês, Robett Glover dá uma explicação alternativa em *A Dança dos Dragões*: "A maldade está no sangue. [...] Ele é um bastardo nascido de um estupro. Um *Snow*, não importa o que o rei menino diga". Embora seja tremendamente incorreto culpar as crianças que são fruto de estupro pelas falhas de seus pais, existe a ideia de que o estupro impune é um pecado que carrega implicações muito além da vítima e do estuprador, um crime que assombra a sociedade que o tolera. Esse é um momento único na história, quando os personagens reconhecem um argumento que Martin esteve construindo ao longo do tempo: o estupro produz danos que perduram além de um único ato, de uma única vítima. Pode produzir monstros que contribuem para a desestabilização de sociedades inteiras.

O estupro influencia o universo de quase todos os personagens da série, sejam eles nobres ou plebeus, estupradores ou vítimas. E, enquanto cada um deles sente dor, terror e raiva, testemunhamos o impacto coletivo dessas agressões através dos continentes. Mesmo quando o estupro não é usado como pretexto para iniciar uma guerra ou como uma maneira de manipular a política da corte, a tolerância para com ele e a incapacidade de prover justiça para as vítimas deformam tanto Westeros quanto seus inimigos. Mais do que um exercício de sensacionalismo, a natureza universal de violência sexual em *As Crônicas de Gelo e Fogo* serve como um poderoso indicativo, uma acusação de corrupção e desumanidade.

Alyssa Rosenberg é blogueira de cultura no ThinkProgress e correspondente da revista *The Atlantic*, para o qual escreve regularmente sobre gênero, raça e representação de questões políticas na cultura popular. Seu trabalho já foi publicado no site Esquire.com e nos jornais *The Daily*, *The American Prospect*, *The Washington Monthly*, *The New Republic*, *National Journal* e no *The Daily Beast*. Vive em Washington, D. C.

Mesma Canção em outro Tom

Adaptando A Guerra dos Tronos *para* graphic novel

Daniel Abraham

Quando fui abordado pela primeira vez a respeito da adaptação de *A Guerra dos Tronos* para o formato *graphic novel*, Anne Groell, a editora que vem supervisionando esse trabalho desde o início, pediu que eu escrevesse uma breve declaração filosófica sobre a minha visão do projeto. Dizem que nenhum plano sobrevive ao contato com o inimigo; assim como nenhuma declaração filosófica do responsável por adaptações literárias. A abordagem na qual trabalhei naquela página e meia que dei para ela não foi desfeita pela experiência de ter me debruçado sobre os roteiros, mas tem sido testada e refinada e está se tornando, em geral, mais bem desenvolvida.

Deixem-me mostrar a vocês um pouco do contexto.

Quando em prosa, acredito que a leitura é um ato essencialmente performático, no qual as instruções dadas pelo autor são interpretadas pelo leitor em uma série de atos profundamente pessoais, particulares e não compartilháveis de imaginação.

Quando George R. R. Martin escreve algo como: "Os deuses de Winterfell habitavam um tipo diferente de bosque. Era um lugar escuro e primordial, três acres de floresta antiga, intocada ao longo de dez mil anos, enquanto o castelo se levantava a toda sua volta" (*A Guerra dos Tronos*), cada um de nós, como leitor, cria um conjunto de imagens, cheiros e emoções abstratas que compõe essa experiência individualmente. Para mim, há uma sensação de escuridão e verdor, e a visão de construções por trás dos troncos das árvores. Não há razão para pensar que os elementos evocados pelo texto devam ser os mesmos para todos — e quase certamente não o serão. Além disso, o modo como adaptamos essas cenas e imagens compõe nossa experiência da história. É isso que queremos dizer quando falamos sobre o sonho literário. As *graphic novels* — histórias em quadrinhos, livros de arte sequencial, qualquer um desses nomes — empregam ferramentas diferentes para alcançar um efeito similar, mas não idêntico, ao da prosa.

De certa maneira, as *graphic novels* exigem menos esforço cognitivo do público do que a prosa. Ao oferecer imagens para o leitor, elas dão aos criadores mais controle sobre os aspectos visuais imediatos ligados à experiência pessoal do público, mas também perdem o domínio da informação mais abstrata que a prosa fornece — por exemplo, a explicação, sobre a qual falaremos com mais detalhes adiante. O idioma que cria a história tem pontos fortes diferentes, relacionamentos diversos com o controle da informação, e passar de uma caixa de ferramentas para outra não é tão simples. Como a experiência da história é formatada pelas ferramentas usadas na narrativa, o que se preserva na adaptação é uma questão extremamente importante. Uma adaptação que tenta recuperar a experiência de ler ou ouvir uma história pela primeira vez, outra que recria a temática e as intenções artísticas (como entendidas pela equipe de adaptação) e uma terceira, que abre um caminho mais próximo das ações descritas no texto, podem todas ser fiéis a uma fonte, ao mesmo tempo em que nada similares umas às outras. Nunca tivemos dúvida de que, ao adaptar *A Guerra dos Tronos*, devíamos ser fiéis ao espírito do livro original, mas a definição de fidelidade não estava bem delineada.

Refinar e definir o que significava *manter-se fiel* ao original estava ligado a dois tipos de considerações: problemas idiossincráticos concretos de *A Guerra dos Tronos*, de um lado, e, do outro, questões estruturais que surgiam da transposição da prosa para a narrativa gráfica, independente do trabalho subjacente a esse processo. Darei alguns exemplos de cada.

A primeira das questões idiossincráticas era o espaço que *As Crônicas de Gelo e Fogo* tinha ocupado no momento cultural. Nossa adaptação de *A Guerra dos Tronos* não era a primeira que os livros haviam inspirado. Antes do nosso projeto de história em quadrinhos começar, já existiam réplicas de espadas, esculturas e gravuras suficientes para preencher vários calendários, cartas e tabuleiros de jogos, além de dois volumes de *The Art of George R. R. Martin's A Song of Ice and Fire* [*A arte de* As Crônicas de Gelo e Fogo*, de George R. R. Martin*]. A popularidade dos livros também inspirara a série de TV, que já estava em processo de seleção de elenco. Isso significava que *A Guerra dos Tronos* já ocupava o centro de um universo de trabalhos artísticos que extrapolara os limites do próprio livro. O modo como optamos por deixar de lado essas imagens já existentes de personagens, lugares e eventos teve implicações práticas para mais pessoas além de nós.

Há, em particular, a empolgação de um grande empreendimento criativo como esse. Se nosso Eddard Stark se parecesse com o ator escolhido para o programa de televisão, a imagem ganharia algo pela familiaridade. Ted Nasmith fez versões brilhantes de Winterfell e do Ninho da Águia. Eddard Stark, Jon Snow e Daenerys Targaryen foram maravilhosamente recriados por John Picacio e ficaram bem convincentes. Esse pessoal talentoso já criou diversas obras de primeira linha, então, por que não construir algo em cima do que eles realizaram? O argumento artístico contra essa estratégia era o de que, ao basear nossa linha de trabalho em artistas anteriores, sacrificaríamos algo de nossa própria originalidade e visão. Se nos prendêssemos a isso, perderíamos a oportunidade de criar nossas próprias versões, talvez melhores, talvez não, mas certamente mais autênticas. Mas esse não foi o único ponto que analisamos.

Por mais que eu quisesse pensar que as preocupações artísticas eram a diretriz de todas as situações, as restrições em um projeto raramente são apenas de ordem estética. A propriedade da qual tínhamos direito era, e é, o livro original. Ainda que fosse possível conseguir permissão dos artistas que já haviam criado versões de Westeros, controlar o catálogo completo das criações de *As Crônicas de Gelo e Fogo* e integrá-las a nossa versão da história poderia ser mais demorado e complicado do que começar do zero. Haveria necessariamente algumas semelhanças entre as várias encarnações de *A Guerra dos Tronos*. Estamos, afinal, interpretando a mesma fonte e, algumas vezes, artistas buscam, de modo natural, a mesma solução para problemas comuns. E havia algumas dificuldades bem reais. Daenerys, por exemplo.

Daenerys Targaryen foi o segundo problema que enfrentamos, um específico de *A Guerra dos Tronos*, e muito desafiador, tanto para nós quanto para outros adaptadores. O percurso da personagem no livro parte de um fantoche político emocionalmente abusado pelo irmão, passa por um casamento arranjado, que levanta a polêmica ética de uma leitura contemporânea, segue por um intenso amadurecimento sexual, uma gravidez e um aborto, até se tornar uma liderança política e uma força poderosa por mérito próprio. Seu despertar sexual e a relação de sua sexualidade com o poder são centrais em sua história individual, assim como as questões do consentimento, do controle e da fertilidade. Contudo, no começo da história, Daenerys tem treze anos. Com esse fato em mãos, desenhar a história como está escrita seria *ilegal*.

O Ato Protetor de 2003 proíbe "representações visuais obscenas de um menor envolvido em conduta sexual explícita", no qual o termo "obsceno" é definido segundo o Teste de Miller*. Ou seja, uma obra pode ser classificada como obscena se violar os padrões da sociedade, se for notoriamente ofensiva e se, como um todo, não tiver valor literário ou artístico. Classificar ou não os quadrinhos nesses padrões seria responsabilidade de uma corte, a menos que fizéssemos algo que levasse em conta as implicações legais de passar o texto para a imagem. A adaptação televisiva resolveu isso elencando uma atriz que era legalmente maior de idade. Histórias em quadrinhos não têm atriz, então a imagem criada não teria uma verdade objetiva para ser usada em sua defesa. As alternativas disponíveis eram omitir vários dos momentos mais importantes da personagem, alterar a sua idade para encaixá-la nos padrões legais contemporâneos (apesar da violência que isso causaria ao objetivo da história), ou permanecer completamente fiel ao texto original e nos prepararmos para o escândalo, a censura e a ação legal.

O terceiro problema que *A Guerra dos Tronos* nos trouxe foi que *As Crônicas de Gelo e Fogo* ainda está em progresso.

---

* Teste de Miller é o teste da Suprema Corte dos Estados Unidos para determinar se algo pode ser rotulado como "obsceno". Se for, a obra não é protegida pela Primeira Emenda da Constituição norte-americana e pode ser proibida. (N. T.)

Nas adaptações anteriores que fiz — do romance *Fevre Dream* e do conto "The Skin Trade"* —, havia uma história finalizada e impressa. Ter conhecimento sobre o fim para o qual a trama está se dirigindo possibilita ver como os eventos vão se prefigurando no texto, e como isso pode ser recriado em imagens. *A Guerra dos Tronos*, por sua vez, é o primeiro livro de uma série que, espera-se, tenha sete volumes, dos quais três ainda não haviam sido publicados quando os primeiros roteiros foram escritos para a *graphic novel*. A série *As Crônicas de Gelo e Fogo* também é conhecida por sua capacidade de surpreender e de subverter as expectativas do gênero. Saber quais personagens são importantes para o total da história — e até mesmo quais sobreviverão ao volume final — é quase impossível nesse estágio. Quando Robb Stark e Jon Snow encontram os filhotes de lobo, o grupo completo de Eddard Stark está com eles, algo como oito ou dez personagens citados. Desenhar todos poderia ser visualmente confuso e desordenado. Mas o fato de Theon Greyjoy estar presente poderia se tornar uma informação importante mais tarde. O que pode e o que não pode ser cortado ainda não é tão óbvio.

Mas isso não se aplica a todos os projetos. Certamente há séries de história em quadrinhos de longa duração que conseguiram sucesso de forma brilhante, mesmo sem uma continuidade estrita ou um prenúncio do que viria nos anos seguintes. Falo de séries em curso (quase novelas), como Batman ou Homem-Aranha. Mas *As Crônicas de Gelo e Fogo* é uma série aberta. Ela tem uma conclusão para a qual se move e, de fato, a última sequência do último livro já foi decidida. Adaptar a história sem ainda ter o texto completo permite abordagens que vão desde o apego estrito à fonte, passando pelo "palpite" de boa-fé do adaptador, até reunir informações de longas entrevistas com George.

---

* Ambos de autoria de George R. R. Martin. (N. T.)

É até possível imaginar uma adaptação na qual o fim das *graphic novels* não seja o mesmo dos livros, com as duas versões divergindo enquanto progridem, cada uma controlada por sua própria lógica interna. Nesse ponto, no entanto, o que exatamente o adaptador está preservando entra em questão.

Assim, além dos problemas peculiares de *A Guerra dos Tronos*, há mais diferenças estruturais entre a prosa e a *graphic novel* que restringem os limites da adaptação. Estes se desenvolvem, em geral, a partir da natureza auditiva da escrita em língua inglesa.

Os símbolos literais da escrita em língua inglesa são codificações de sons, não de imagens. Quando lemos a prosa em silêncio, a experiência sensorial mais fácil e imediatamente evocada é o som, e o som mais facilmente evocado é a voz falada dos personagens ou do narrador. Isso faz do diálogo um dos pontos fortes da prosa de ficção.

Ler diálogos bem trabalhados é como ouvir uma conversa por trás da porta. Alguns detalhes físicos e pequenas ações são suficientes para que o leitor crie uma experiência completa, complexa e satisfatória da cena — os olhos lilases de Viserys enquanto ele funga desdenhosamente para as roupas dothrakis que Dany lhe dá de presente e Eddard testando a ponta da Agulha com o polegar durante sua conversa com Arya acontecem no contexto de diálogos maiores, e nem toda conversa inclui detalhes como esses. *Graphic novels*, por outro lado, requerem um componente visual completo, e a ilustração de dois personagens conversando — uma longa série de desenhos da pessoa ou das pessoas falando — logo se torna monótona. Diálogos que explodem de vitalidade na prosa ficam tediosos quando transpostos em páginas e mais páginas cheias de figuras de cabeças falantes e balões de fala. Em um projeto que depende do diálogo — e a maioria dos romances depende de diálogos —, reenquadrar a ação para que mais informações sejam dadas ao leitor por meio de imagens é um desafio. Isso também encoraja o adaptador a reimaginar a cena de maneiras que simplifiquem e condensem as conversas, enquanto amplificam a ação e as imagens que tomam o lugar das descrições físicas na prosa — mesmo que isso signifique não seguir a história à risca.

A voz narrativa também é um problema sério e estrutural relacionado à transposição da prosa para os quadrinhos, e traz a natureza colaborativa da adaptação. Na prosa, o narrador é um personagem adicional e, frequentemente, sem nome, com voz e estilo peculiares que dão o tom essencial da história e fornecem dados adicionais ao leitor. Na transição para os quadrinhos, essas duas funções são separadas.

A sensação básica de uma história em quadrinhos não é proporcionada pela voz imaginada do narrador, mas pelo estilo visual do artista. Se vamos trabalhar uma história — ou mesmo uma cena dentro dela — com seriedade ou leveza, isso é assinalado pelo jeito como ela é desenhada e pela paleta usada para colori-la. De forma similar, a escolha de palavras e os ritmos vocais de um narrador dão ao leitor as pistas de como interpretar a ação na prosa. Imagine, por exemplo, Winterfell criado como um desenho de princesas da Disney, em oposição ao estilo de Ted Nasmith. A maneira como o artista aborda a imagem é o clima da peça e está sujeito a uma série de restrições, entre elas as habilidades e os interesses, e a pressão do prazo de produção. Ainda que o roteirista possa especificar que uma imagem seja mais estilizada ou realista, e descreva o efeito que essa imagem ou cena deve transmitir, o desenho real precisa contar com a habilidade e, ainda mais importante, com o julgamento do artista. As imagens, mesmo que cuidadosamente concebidas pelo roteirista, são assunto indispensável para aquele que desenha as linhas, e as escolhas feitas na prancheta de desenho são tão importantes quanto aquelas feitas no teclado do computador. O papel da voz narrativa como uma sugestão de abordagem do projeto é, na verdade, tirado das mãos do escritor. Mesmo que o roteiro dê instruções específicas e longas para o artista, na melhor tradição de Alan Moore, ele ainda interpretará e tomará decisões que algumas vezes diferem do original. Mas o que o estilo visual não pode fazer, e um narrador de prosa pode, é dar informações abstratas, como explicações.

Explicações são sempre um problema. Uma das provas de fogo da qualidade é o grau de facilidade de um autor em fornecê-las no texto. Por ter uma voz narrativa envolvente, um texto pode sair da ação concreta e literal da cena — os aspectos cinematográficos da história — para dar informações, incluir histórias ou aspectos filosóficos de fundo e embasamento temático. Em *A Guerra dos Tronos*, isso ocorre particularmente em passagens que cobrem a história de Westeros e os complexos eventos do passado dos personagens envolvidos nos diálogos. Quando Eddard e Robert descem até a cripta sob Winterfell para visitar o túmulo de Lyanna, por exemplo, há uma riqueza de informações no texto sobre como os três estavam relacionados, como Brandon Stark e os Tully se encaixam, e sobre a história da rebelião que dá o trono a Robert. Não há como pegar essa informação abstrata e apresentá-la de forma puramente visual. As opções são reproduzir a explicação da prosa (completa ou resumida) com algumas ilustrações limitadas, omitir a explicação e perder a profundidade e o contexto, ou pegar a informação que foi apresentada em uma explicação e encaixá-la na ação da história, muitas vezes usando diálogos, com todos os problemas que isso ocasiona.

Uma terceira questão puramente técnica é o ritmo da trama. *A Guerra dos Tronos* é construída em capítulos de vários tamanhos, com pontos dramáticos altos e áreas de descanso encaixados organicamente dentro dessas unidades, tanto individualmente quanto combinados no romance como um todo. Reformular a mesma narrativa como uma série de quatro *graphic novels* requer que os pontos dramáticos altos caiam uniformemente, e que um quarto, metade, três quartos e o final da história caiam até mesmo em uma página específica. Mais ainda, já que cada *graphic novel* é o encadeamento de seis edições de histórias em quadrinhos, momentos menos conclusivos aparecem em intervalos regulares e predeterminados, o que pode ou não coincidir com o material original.

Tivemos alguma liberdade para formatar o projeto no início, quando a estrutura estava sendo construída. As decisões tomadas naquele momento — quantos volumes de histórias em quadrinhos seriam, quantas páginas cada um deles teria, quantos livros seriam reunidos em cada *graphic novel*, quantas *graphic novels* seriam — afetaram cada decisão subsequente. *A Guerra dos Tronos* podia ser condensada e simplificada cruelmente, omitindo-se subtramas, personagens e cenas, reescrevendo-se relacionamentos e motivações dos personagens. Também poderia ser expandida até um épico para rivalizar com o *Akira* original, com a arte ganhando mais território e as cenas mais visuais ocorrendo ao longo de páginas, em vez de painéis. Qualquer abordagem poderia ser boa, mas não seria equivalente, e cada uma das outras decisões seria impactada pelo esboço surgido naquelas primeiras reuniões.

Assim, com essas questões específicas em mente, podemos voltar à questão central: quando faço uma adaptação de prosa para *graphic novel*, o que estou tentando preservar e o que estou disposto a sacrificar?

Seria ótimo se todas as questões tivessem apenas uma resposta, mas, na prática, qualquer resposta pode encontrar outra que parece se opor a ela. Se permaneço fiel à história original, encaro o problema de como preservar a explicação, o diálogo e a idade dos personagens mais jovens. Se deixo a narrativa de lado e reimagino Westeros — acrescentando novos personagens e enredos ou recriando os que já existem —, preciso confrontar a natureza inacabada do original e as expectativas do leitor baseadas no livro e em outras adaptações.

O primeiro extremo, e aquele que de muitas maneiras é o mais tentador, é preservar não a história em si, mas o maravilhamento surgido do primeiro contato com *A Guerra dos Tronos*. A série *As Crônicas de Gelo e Fogo* tem sido descrita como uma releitura épica da Guerra das Rosas, mas sem o peso da história. Será que teríamos, então, uma violação ao espírito da obra, se a *graphic novel* fosse uma releitura de *A Guerra dos Tronos* sem o peso do livro? Se reiniciássemos Westeros, pegássemos os nomes e o enredo geral, mas mudássemos os detalhes, e deixássemos que a história contada na *graphic novel* se tornasse sua própria narrativa, isso também faria parte de uma longa tradição dentro das histórias em quadrinhos. Quantas versões da história de Batman já foram contadas sem deturpar a obra original de Bob Kane?

A abordagem no outro extremo seria permanecer perfeitamente fiel ao texto original. Um editor chamou isso de abordagem dos "Clássicos Ilustrados". Onde há trechos de explicações ou diálogos que não se encaixam direito em uma composição visual, coloca-se na página o texto original, talvez com o fundo de um pergaminho medieval. Arrisca-se a ação legal com a sexualidade de menores de idade, ou substituem-se as imagens pelo texto original e o resto fica para a imaginação do público. Nesta versão, as *graphic novels* se tornam menos um projeto independente e mais uma edição especial do livro original. O problema de não saber o que acontece no final, em função dos volumes ainda não escritos, é resolvido incluindo-se tudo, não importa o quão insignificante possa parecer.

Na prática, o caminho que tomaremos seguirá entre as duas opções, mas mais próximo de uma delas. Traçar nossa melhor rota depende do que *A Guerra dos Tronos*, em particular, e *As Crônicas de Gelo e Fogo,* no quadro mais amplo, são.

E ainda não sabemos o que elas são.

Para mim, o fato mais importante sobre *As Crônicas de Gelo e Fogo* é que elas irão acabar. Daenerys Targaryen terá uma última cena e uma última palavra. Graças à minha participação nesse projeto, conheço o destino de vários personagens principais, e tenho uma boa ideia do ponto final do enredo. Mesmo assim, os detalhes de onde os muitos outros personagens acabam — onde, de fato, a própria Westeros termina — não estão ainda ao meu alcance. E podem não estar nem mesmo ao alcance de George.

Minha experiência, ao escrever meus próprios livros, sugere que, mesmo nesse estágio avançado do projeto, os melhores escritores continuam em um processo contínuo de descobertas. Mesmo com as últimas cenas ainda em mente, o caminho para chegar a tal ponto é cheio de surpresas. Algumas das ideias e intenções de *The Winds of Winter* e *A Dream of Spring* [*Os Ventos do Inverno* e *Um Sonho de Primavera*, prováveis sexto e sétimo livros da série, respectivamente] vão mudar o curso da história, pois é o processo inevitável de criação. Conforme nos aproximamos do fim, os acontecimentos do início receberão novos significados. Profecias se desdobrarão de modos que podem ser tão surpreendentes tanto para o autor quanto para o leitor. Coisas que foram prenunciadas se concretizarão, ou não. Até que o final chegue, recriar Westeros — acrescentando novos personagens, remodelando antigos, agindo a partir de perspectivas diferentes daquelas que já estão nos livros — não é um ato de tradução ou adaptação. É também um ato de invenção.

Possivelmente, assim que o projeto estiver completo, uma adaptação fiel poderá ser feita com um nível maior de abstração. A história de Tyrion Lannister poderia ser reescrita de maneira que tivesse a mesma função geral nesta mídia diferente. O efeito das mortes de Viserys ou de Drogo sobre Daenerys poderia ser mostrado de outra forma, que fosse fiel à personagem que ela está se tornando. Até que a história seja finalmente concluída, esses níveis mais profundos ainda não podem ser discutidos ou julgados. Recriar Westeros como George pretende que seja pode não ser sempre impossível — mas, neste momento, é.

Lembro-me de um ensaio que li sobre a arte de copiar pinturas, em especial como ela é praticada na China. O epítome daquela arte, o autor argumentava, era a invisibilidade do copista. O ideal era que a reprodução e o original fossem indistinguíveis. Pensei sobre essa estética com frequência durante a adaptação de *A Guerra dos Tronos*. Na maior parte da minha carreira, meu trabalho tem sido criar e apresentar minha própria visão, da forma mais clara e poderosa possível. Gosto de pensar que meus próprios livros carregam minha visão para os leitores de uma maneira que me é idiossincrática. Imagino a mim mesmo como o pintor de alguma obra original. Ao adaptá-la, me torno um copista.

As restrições de como posso fazer isso são reais. Escolhi alterar a idade de Daenerys para torná-la de acordo com nossos padrões legais, mesmo que isso signifique contar a história de uma jovem mulher imatura, controlada e protegida, em vez de uma criança poderosa, explorada e complexa. Resumi conversas e removi explicações que funcionavam muito bem no livro porque achei que não seriam tão eficazes no novo formato. Reordenei alguns capítulos e ações para se encaixarem melhor na contagem de páginas das histórias em quadrinhos e na coleção de *graphic novels*. Mas a diretriz é sempre — e necessariamente — que o leitor desse novo trabalho veja a arte de Tommy Patterson e a história de George R. R. Martin. Meu trabalho é ser invisível. Se ninguém notar ou considerar as decisões que tomei e, em vez disso, mergulhar na história de George e na arte de Tommy, terei alcançado êxito.

Daniel Abraham é autor *best-seller* nos Estados Unidos. Escreveu treze livros e trinta contos, incluindo *Long Price Quartet*, aclamado pela crítica, e *Hunter's Run* (com George R. R. Martin e Gardner Dozois). Também escreve sob os pseudônimos M. L. N. Hanover e (com Ty Franck) James S. A. Corey. Foi indicado para os prêmios Hugo, Nebula e World Fantasy Awards, e ganhou o International Horror Guild Award. Seus projetos atuais incluem a série de fantasia épica *The Dagger and the Coin*, a série de *space opera The Expanse* e a série de fantasia (em curso) *The Black Sun's Daughter*. Também escreve colunas para os sites de ficção científica i09, SF Signal e Clarkesworld.

Um Mundo Incerto

História e contagem do tempo em Westeros

Adam Whitehead

Em qualquer universo com história e mitologia complexas, é comum que o autor revele o contexto dos acontecimentos e o explore, ao mesmo tempo em que a história principal avança. Isso acontece em *As Crônicas de Gelo e Fogo*: enquanto a trama principal se desenrola e testemunhamos a queda de Westeros rumo ao caos da Guerra dos Cinco Reis e as atribulações de Daenerys Targaryen no leste distante, aprendemos sobre os eventos que antecederam tudo isso. Ficamos sabendo sobre o reinado do Rei Louco, a Conquista Targaryen, a fuga dos roinares até Dorne e a construção da Muralha com o intuito de defender o reino contra os Outros. Enquanto a história segue adiante, ela também se move para trás, trazendo mais profundidade aos eventos atuais ao mostrar como foram gerados décadas, séculos ou milênios antes. Mas também descobrimos que a contagem do tempo e da história nos livros não é confiável, o que levanta dúvidas sobre quando os eventos se deram, ou se realmente aconteceram.

Acompanhando os anos

Uma das características definidoras do universo de *As Crônicas de Gelo e Fogo* é que as estações duram muitos anos e são imprevisíveis: um inverno de uma década pode ser seguido por um verão mais curto. Além de introduzir dificuldades logísticas para os habitantes de Westeros, isso também problematiza para o acompanhamento da história e do tempo. Os personagens vivem em um mundo cuja própria história é incerta e mal definida, onde mito e lenda são irremediável e indissoluvelmente entrelaçados com relatos de acontecimentos reais. Ou seja, o traço predominante da história de Westeros é a indefinição.

No início de *A Guerra dos Tronos* somos apresentados à Muralha, uma vasta construção que se estende pela fronteira norte dos Sete Reinos e mantém afastadas as ameaças que espreitam do outro lado, tanto sobrenaturais quanto reais. A narrativa nos conta que a Muralha foi construída há oito mil anos. É um número grandioso o suficiente para fazer os leitores mais cabeça-dura pararem para pensar. Na verdade, oito mil anos é quase duas vezes a idade das pirâmides do Egito; e, até mesmo com as modernas técnicas arqueológicas, o conhecimento sobre nosso próprio período histórico similar (cerca de 6000 a.C.) é impreciso, na melhor das hipóteses. Em um mundo de fantasia sem tais tecnologias, no qual longos invernos ameaçam destruir completamente a civilização, a noção de que essas pessoas teriam ideia do que aconteceu há oito mil anos parece duvidosa.

Alguns críticos reclamaram dos enormes períodos de tempo mencionados na série, classificando-os como "irreais". A resposta a essa crítica encontra-se no próprio texto. Os períodos são enormes, mas também podem ser ilusórios. Ao longo dos séculos, tradição e mito se petrificaram em fatos aceitos; a verdade pode ser muito diferente, nesse caso, envolvendo espaços de tempo muito mais curtos. Quando Jon Snow envia Samwell Tarly para pesquisar o passado da Patrulha da Noite, em um esforço para aprender mais sobre os Outros, um confuso Samwell relata que o número de Senhores Comandantes sobre os quais é possível encontrar referências é muito menor do que a história não oficial sugere.

> As histórias mais antigas que temos foram escritas depois dos ândalos chegarem a Westeros. Os Primeiros Homens só nos deixaram runas em pedras, de modo que tudo o que julgamos saber sobre a Era dos Heróis, a Era da Alvorada e a Era da Longa Noite vem de relatos escritos por septões milhares de anos mais tarde. [...] Essas velhas histórias estão cheias de reis que governaram por centenas de anos, e cavaleiros que andaram por aí mil anos antes de serem cavaleiros. [Você] conhece as histórias [...], dizemos que é o nono centésimo nonagésimo oitavo Senhor Comandante da Patrulha da Noite, mas a lista mais antiga que encontrei menciona 674 comandantes. (*O Festim dos Corvos*)

Essa é uma declaração importante, que confirma a hipótese de que a história dos Sete Reinos é muito mais baseada em mitos e lendas do que em fatos históricos consumados. Antes dos ândalos chegarem a Westeros, os Primeiros Homens usavam inscrições em rochas e tradições narrativas orais para passar informações de uma geração para a próxima. Pode haver alguma verdade nessas histórias — alguns dos relatos de Homero na Guerra de Troia em *Ilíada*, vindos de antigas tradições orais, foram confirmados por descobertas arqueológicas no local verdadeiro de Troia, por exemplo —, mas também há muito exagero e invenção. Mesmo os registros históricos ândalos são inexatos e propensos a floreios criativos e erros diretos, em especial porque até mesmo a chegada deles a Westeros é impossível de ser datada de forma confiável. "[...] ninguém sabe quando os ândalos cruzaram o Mar Estreito", Hoster Blackwood explica em *A Dança dos Dragões*.

> A *História Verdadeira* diz que quatro mil anos se passaram desde este fato, mas alguns meistres afirmam que foram apenas dois mil. Depois de certo ponto, todas as datas ficam obscuras e confusas, e a claridade da história se transforma na névoa da lenda."

Vale a pena notar que o apêndice de *A Guerra dos Tronos* menciona que seis mil anos se passaram desde a chegada dos ândalos, enquanto o comentário de Hoster Blackwood para Jaime em *A Dança dos Dragões* dá pistas de que talvez não passem de dois mil. Ora, uma margem de erro de cerca de quatro mil anos deixa espaço suficiente para dúvidas, enganos e erros de cálculo.

Estações de incertezas

A enorme dificuldade para calcular a história em Westeros nos leva à falta de estações regulares. Se uma estação dura alguns meses e a seguinte se estende por anos, registros de colheitas, plantações, festivais de verão e outros se tornam altamente instáveis. Mesmo os meistres da Cidadela, com suas medidas exatas e calendários, são flagrados discutindo datas e detalhes. Tampouco nos foi revelado há quanto tempo os meistres existem. Eles são apenas mais uma prova da névoa de incerteza que cobre os bastidores de Westeros — mais um exemplo do quanto a história em si é um narrador não confiável na série.

A imprevisibilidade das estações também responde a outra crítica comum sobre a estagnação tecnológica de Westeros.

Os reinos em *As Crônicas de Gelo e Fogo* viram passar tantos períodos históricos quanto nossa história real, mas em um ritmo mais lento. Dizem que os Primeiros Homens trouxeram o bronze para Westeros doze mil anos antes do início da narrativa dos livros. Segundo a tradição — que, como vimos, pode não ser totalmente confiável —, os ândalos vieram com o ferro e os cavalos seis mil anos mais tarde. Na verdade, a Idade do Bronze na Europa durou aproximadamente de 3200 a 600 a.C., ou seja, um período de vinte e seis séculos. A Idade do Ferro, que veio na sequência, estendeu-se de 1200 a.C. a 400 d.C., um período de dezesseis séculos. Se levarmos em conta a desaceleração do progresso tecnológico em função dos longos invernos, na verdade curtas eras do gelo ocorridas várias vezes por século, as eras tecnológicas correspondentes em Westeros só duraram duas ou três vezes mais do que suas correspondentes na vida real.

Dito isso, também temos informações conflitantes sobre questões tecnológicas e sociológicas: o apêndice de *A Guerra dos Tronos* nos diz que os ândalos trouxeram o conceito da cavalaria a Westeros, mas, em *O Festim dos Corvos*, Samwell Tarly sugere que tal instituição é mais recente do que isso — e sublinha o fato de que algumas histórias falam em cavaleiros vivendo milhares de anos antes do surgimento da cavalaria. Isso remete, é claro, à lenda do Rei Artur, na qual os cavaleiros da tradição medieval são descritos vivendo e lutando quase meio milênio antes que guerreiros viessem a existir.

Um curinga nesse assunto é a existência da magia. Não se sabe ao certo por quanto tempo e em que grau a magia tinha sido praticada em Westeros antes da Perdição de Valíria, mas se sabe que, em algum momento, foi usada para tarefas grandiosas, como levantar a Muralha e construir a Ponta Tempestade. O conceito de que a magia retarda o desenvolvimento tecnológico, ou até mesmo o impede completamente, é comum na fantasia épica. A magia em Westeros, mesmo quando usada, não era tão predominante quanto em outras histórias fantásticas, e seu uso pode ter retardado, mas não impedido, os avanços tecnológicos daquele universo. Esse conflito entre magia e ciência fica mais evidente em *O Festim dos Corvos*, quando descobrimos que os meistres da Cidadela desejam erradicar a magia e torná-la obsoleta, em nome do progresso da ciência.

O contexto histórico de *As Crônicas de Gelo e Fogo*, portanto, não é muito definido até a chegada de Aegon, o Conquistador, a Westeros, a meros três séculos antes do início da série. Nesse ponto, a história repentinamente entra em foco, e temos datas precisas dos reinados dos reis Targaryen e dos principais eventos que ocorreram durante seus governos. Antes disso, a história é mais uma lenda inconstante do que um conjunto de fatos concretos.

A história em escala pessoal

Essa falta de confiança na história se estende também em uma escala pessoal. Os personagens são definidos por suas experiências e pelo que aconteceu em seu passado, assim como por suas famílias e histórias familiares, que são tão acometidas por incertezas quanto a linha do tempo. Jon Snow, um dos protagonistas da série — se não o protagonista mais importante —, é um personagem cuja identidade é indefinida: não sabe nada sobre sua mãe verdadeira, nem mesmo o nome dela. E o que é mais cruel: ele não está a par das informações que o leitor e até mesmo outros personagens possuem. Catelyn Stark nunca contou a ele sobre os rumores de que sua mãe poderia ser Ashara Dayne, de Tombastela, e Arya não foi capaz de lhe dizer que poderia ser a criada dos Dayne, Wylla, como Edric Dayne revelou em *A Tormenta de Espadas*. Esse último ponto é crucial, já que Eddard Stark apontou Wylla como a mãe de Jon para seu melhor amigo, Robert Baratheon.

Esse mistério está no âmago da série, e ganha ainda mais força quando os leitores descobrem que Eddard Stark pode nem ser o pai de Jon. Nesse caso, temos informações conflitantes de múltiplas fontes sobre o assunto. Jon pode ser o filho de Eddard e Ashara, ou de Eddard e Wylla, ou de Eddard e a filha desconhecida de um pescador do Vale de Arryn. Ou pode simplesmente não ser filho de Eddard, mas de Rhaegar Targaryen e Lyanna Stark; Jon teria tido sua paternidade reivindicada para proteger a criança da fúria de Robert Baratheon. É claro, se ele fosse filho de Rhaegar e Lyanna, seria ilegítimo... A menos que seus pais tivessem se casado secretamente. Já que os Targaryen podiam ter várias esposas e toda sua descendência tinha direito de herdeiro, isso teoricamente permitiria a Jon reivindicar o trono, ainda que fosse muito difícil provar.

Voltando ainda mais, até mesmo a história do relacionamento de Rhaegar e Lyanna é encoberta por mistérios. Robert Baratheon acredita que Rhaegar sequestrou e estuprou Lyanna. Eddard tem menos certeza disso. Mais tarde, em *A Tormenta de Espadas*, os filhos de Howland Reed dizem a Bran que o relacionamento entre os dois começou de modo mais romântico, com Lyanna encantada pelas habilidades musicais de Rhaegar. Também ficamos sabendo, em *A Dança dos Dragões*, que Elia Martell, esposa de Rhaegar, não podia mais dar à luz, enquanto *A Fúria dos Reis* nos conta que Rhaegar acreditava que seus filhos teriam um papel importante para impedir o retorno dos Outros. Podemos inferir que Rhaegar já estava tentando encontrar outra esposa que lhe desse um terceiro filho, que completaria a profecia. Martin entrega a maior parte das peças, mas cabe ao leitor juntá-las, pelo menos até o momento em que, nos volumes posteriores, a verdade seja revelada — se em algum momento isso acontecer.

As engrenagens da história giram e, em certo ponto, o leitor precisa recuar e combinar as informações fragmentadas oferecidas pelo livro com fatos dispersos e outras perspectivas, a fim de ter uma ideia melhor do todo. A versão popular, como disseminada pelo rei Robert, dá conta de que Lyanna fora raptada e estuprada. Outras versões contam que ela e Rhaegar podem ter sido amantes, ou que Rhaegar pode tê-la usado para preencher uma lacuna em uma profecia. Mas mesmo uma informação aparentemente clara pode não ser completamente verdadeira: Brandon Stark, irmão mais velho de Eddard, assassinado pelo Rei Louco, é descrito como um guerreiro impetuoso, mas corajoso, devotado à sua prometida Catelyn Tully. Ainda assim, em *A Dança dos Dragões* descobrimos que ele tinha pouco ou nenhum interesse por Catelyn, enquanto outra fonte, Sor Barristan Selmy, dá indícios de que ele era um homem violento. Brandon pode até mesmo ter atacado sexualmente Ashara Dayne, deixando-a com uma criança, o que explicaria muita coisa sobre a gravidez dela e sua decisão de acabar com a própria vida. Com tudo isso, é possível concluir que até os elementos verdadeiros na história de fundo podem se mostrar mais complexos, mais envoltos em dúvidas, do que pareciam ser inicialmente.

Com efeito, podemos imaginar que a mensagem de *As Crônicas de Gelo e Fogo* seja: "nada é certo" — nem a história do mundo, nem a de cada indivíduo. Tudo está no olho do observador, e os atos de um personagem podem significar crimes hediondos para uns, mas heroísmo para outros. Tyrion Lannister tenta salvar Porto Real de um ataque destruindo a frota de Stannis Baratheon na Água Negra. É parcialmente bem-sucedido — mais adiante, condenado pela população de Porto Real como criminoso e monstro. O leitor tem uma perspectiva maior a partir da qual julgar as ações dos personagens nos livros, mas é dependente do que eles sabem a respeito uns dos outros e do contexto histórico. E, se nem mesmo os eventos contemporâneos podem ser totalmente compreendidos, o que dizer de fatos ocorridos há milhares de anos?

A Dança dos Dragões oferece um vislumbre de esperança, por meio da atuação do último vidente verde: "[...] você poderá [...] ver o que as árvores viram", ele diz a Bran Stark, "seja ontem, no ano passado ou há milhares de anos". Isso abre uma janela para o passado pela qual Bran — e o leitor — pode ganhar uma vista privilegiada dos acontecimentos, que antes só eram disponíveis por meio de contos não confiáveis. Já vimos que os Primeiros Homens costumavam oferecer sacrifícios de sangue para os antigos deuses, uma verdade não revelada em outras histórias e narrativas. Também sabemos, por meio da árvore-coração, que Lyanna Stark era uma espadachim habilidosa, capaz de derrotar seu irmão mais novo — futuro Primeiro Patrulheiro da Patrulha da Noite e soldado muito competente — em um combate simulado. Isso alimenta as especulações de que a própria Lyanna seria o misterioso Cavaleiro da Árvore que Ri, que vingou a humilhação sofrida por Howland Reed em *A Tormenta de Espadas*, e dá outra razão pela qual ela e Rhaegar tenham se encontrado e se envolvido. Uma cena menor, que à primeira vista parece oferecer apenas sabor à história, é capaz de aprofundar nosso entendimento do contexto e aumentar as especulações.

Incerteza como compromisso

Os livros de *As Crônicas de Gelo e Fogo* e a série de TV *Game of Thrones* se beneficiaram da internet. Os fãs se reúnem em blogs e fóruns on-line para debater as questões levantadas em cada novo lançamento, seja a origem de Jon Snow, as hipóteses para a imprevisibilidade das estações ou as motivações dos Outros. Discussões desse tipo — ainda que algumas vezes muito... acaloradas — aumentam o compromisso dos leitores com a história, dando-lhes a oportunidade de contribuir ativamente. Isso ajuda a criar e a manter um grupo de fãs leais e entusiasmados, e fornece um vasto material para eles discutirem enquanto esperam pelo próximo livro.

Conforme a história de *As Crônicas de Gelo e Fogo* está se aproximando do fim, muitas das questões levantadas em suas páginas serão respondidas. O próprio Martin revelou que descobriremos a razão pela qual as estações estão desordenadas e a verdade por trás da origem de Jon Snow. Depois de quase duas décadas de discussões, é muito provável que alguns fãs já tenham imaginado as respostas, mas, para eles, isso é um tributo à habilidade com a qual o autor reuniu todos esses mistérios e semeou pistas para as suas resoluções ao longo da história.

No entanto, é improvável que todos sejam resolvidos. Questões mais amplas sobre a natureza da magia e a religião no mundo certamente permanecerão, e com razão. Westeros é um lugar construído sobre um tempo indefinido e uma história fragmentada. Portanto, nada mais adequado que terminar a série com alguns mistérios ainda encobrindo a paisagem.

Adam Whitehead é um blogueiro britânico, residente em Colchester, a mais antiga cidade da Grã-Bretanha e antiga capital romana. É fundador do blog Wertzone e do wiki *Game of Thrones*. Também tem atuado como moderador no site Westeros.org desde 2005. Foi indicado para o prêmio SFX SF de Melhor Blogueiro do Ano em 2011, por seu trabalho no Wertzone.

De Volta ao Ovo

Os prelúdios de As Crônicas de Gelo e Fogo

Gary Westfahl

Como qualquer leitor pode atestar, uma fantasia épica em vários volumes requer uma quantidade enorme de texto, e seria possível imaginar que os autores, no meio de tais projetos, focariam totalmente sua atenção em completar essa tarefa. Em vez disso, com frequência eles se distraem escrevendo prelúdios, histórias que acontecem antes das obras originais, e que podem até acrescentar profundidade e complexidade, mas não contribuem para direcionar a série à sua conclusão, momento pelo qual os leitores ansiosamente esperam.

Com certeza, o fenômeno não se limita à fantasia: no campo da ficção científica, Isaac Asimov escreveu os dois últimos livros da série *Fundação*, sobre Hari Seldon, o psico-historiador cuja vida é anterior à trilogia original; e a protagonista do último volume de *História do Futuro*, de Robert A. Heinlein, era mãe do personagem central da série, Lazarus Long. Mas escritores de fantasia parecem propensos a olhar para a pré-história de seus épicos: entre outros exemplos, antes e depois de terminar *O Senhor dos Anéis* (1954-1955), J. R. R. Tolkien seguiu trabalhando em uma coletânea, nunca concluída, de eventos da Terra-média que ocorreram muito antes da trilogia (os escritos foram reunidos após sua morte por Christopher Tolkien, e publicados como *O Silmarillion* [1977] e outras obras); David e Leigh Eddings fizeram dois prelúdios para a série que começou com *Pawn of Prophecy* (1982); Terry Brooks criou vários prólogos para a trilogia original que começou com *A Espada de Shannara* (1977); Robert Jordan interrompeu a série *A Roda do Tempo* para produzir a história anterior *New Spring* (1998), conto mais tarde expandido para um romance (2004), e pretendia escrever outros antes de sua morte. Durante a produção da série *As Crônicas de Gelo e Fogo*, George R. R. Martin parou três vezes para escrever contos com os personagens de Dunk e Egg, que viveram uma centena de anos antes de o épico começar, e já anunciou planos de escrever um quarto livro, reunindo os prelúdios existentes na forma de romance, e de criar histórias adicionais sobre a dupla. No entanto, é possível que os leitores da série, que esperaram cinco anos pelo quarto volume e seis pelo quinto, provavelmente prefiram que Martin se concentre exclusivamente em completar os dois últimos romances de seu épico, em vez de trabalhar em projetos paralelos.

É claro que é impossível entrar na mente dos escritores e determinar a razão pela qual eles produzem esses prólogos. Sabemos que Jordan e Martin foram incitados a criar os seus primeiros por Robert Silverberg, que solicitou para autores famosos contos originais de fantasia para sua antologia *Legends: Short Novels by the Masters of Modern Fantasy* (1998). O segundo prelúdio de Martin foi escrito para o volume seguinte de Silverberg, *Legends II: New Short Novels by the Masters of Modern Fantasy* (2004). Os dois escritores poderiam ter atendido ao pedido de Silverberg com histórias que ocorriam no presente ou no futuro de seus mundos, mas, em vez disso, preferiram se aventurar no passado. Também continuaram trabalhando em prelúdios depois que Silverberg saiu de cena, o que sugere um interesse legítimo pela tarefa. Na verdade, a enigmática primeira parte da dedicatória de *Legends II* — "Para George R. R. Martin, que foi a isca na armadilha" —, indica que ele, de alguma forma, inspirou Silverberg a editar a segunda antologia, talvez para abrir espaço para outra história de Dunk e Egg. Também é verdade que escritores de fantasia levam muito tempo desenvolvendo a pré-história dos universos que criam, e alguns aspectos dessa tarefa poderiam naturalmente inspirar uma história tão digna de ser contada quanto a principal — no caso de Martin, a juventude de um rei, Aegon V, da dinastia Targaryen. Além disso, em geral, os fãs mais ardorosos desejam saber mais informações sobre seus mundos de fantasia favoritos, e a maneira que os autores encontraram para satisfazer essa vontade foi publicando os tais prelúdios.

Todos esses fatores devem ter influenciado a criação das histórias de Dunk e Egg, mas os prelúdios de Martin também podem indicar que há algo na natureza da fantasia que inspira os autores a sempre retornar ao passado de seus épicos, em vez de avançar para o futuro: a história principal começa a apresentar limitações, enquanto o passado oferece um mundo de liberdade. Ironicamente, no entanto, esses prelúdios também sugerem que os esforços autorais para fugir temporariamente dos próprios épicos podem, em última instância, se provar inúteis.

Para entender o que pode levar autores de fantasia a escrever prelúdios, é possível começar pelo fato de que tais épicos são, em geral, guiados por um forte senso de destino: como uma questão prática, os criadores de mundos imaginários, mais do que outros escritores, devem se envolver em um extenso planejamento antes de começar a escrever, portanto os eventos que descrevem podem evocar uma aura de predestinação; e, talvez como reflexo disso, seus personagens frequentemente são levados a fazer certas coisas em função de profecias — ou sinais proféticos. No primeiro capítulo de *A Guerra dos Tronos*, por exemplo, Lorde Eddard Stark concorda em poupar a vida de uma ninhada de filhotes de lobos quando seu filho bastardo, Jon Snow, aponta que eles correspondem em número e gênero aos seus próprios filhos: "Os vossos filhos estão destinados a ficar com essa ninhada, senhor". Assim, Martin estabelece que, em seu mundo, assim como em outros mundos de fantasia, as pessoas levam presságios a sério; mais ainda, conforme a história se desenrola, descobrimos que certos membros da família Targaryen tendem a ter sonhos proféticos. De forma mais ampla, assim como em outras fantasias, os personagens principais são compelidos a manter determinadas alianças ou tomar atitudes unicamente por causa de suas famílias, ou mesmo encarar acusações de traição ou deslealdade, enquanto várias outras famílias competem por poder.

Em função disso, é possível que esses personagens lamentem a perda da liberdade individual, mas não rejeitam os resultados positivos que podem ser preditos ou emergir de suas conexões familiares. Ainda assim, em sentido mais amplo, *As Crônicas de Gelo e Fogo*, como muitas séries de fantasia, parece ser assombrada por previsões de mau agouro. Esse argumento é tratado de maneira mais elaborada em *Anatomia da Crítica: Quatro Ensaios*, de Northrop Frye (1957), um estudo literário citado com frequência e que, nas palavras da Enciclopédia Canadense on-line, "tem uma poderosa influência internacional na crítica literária moderna".

No trecho mais específico, no qual trata da "Teoria dos Mitos", Frye vislumbra seu material de análise a partir do que descreve como os quatro "*mythoi* ou enredos genéricos", correspondentes às quatro estações. Ou seja, nesse esquema, conforme mostra o diagrama a seguir, ele descreve cada gênero literário como um *mythos*: a comédia é o da primavera, que se move linearmente do mundo obscuro da experiência para o mundo brilhante da inocência; o romance (incluindo a fantasia) é o do verão, que se desloca ciclicamente dentro do mundo da inocência; a tragédia é o do outono, que também anda linearmente, mas da inocência para a experiência; e a ironia e a sátira compreendem o inverno, que fazem o mesmo movimento do verão, porém, dentro do mundo da experiência. Cada *mythos* é subdividido em seis fases, as quais podem se transformar em fases correspondentes nos *mythos* adjacentes, permitindo a narrativas extensas se mover ciclicamente por dois ou mais *mythoi*. Além disso, enquanto a terceira parte do romance — que representa o mito da busca, que é a contrapartida antiga da fantasia moderna — pode se mover para as fases posteriores, nas quais um resultado desejado é defendido com sucesso, ela também pode se transformar na terceira parte da tragédia, na qual os heróis triunfam, ainda que também cheguem a um fim trágico, em mundos que podem descer rumo ao terreno obscuro da experiência. Portanto, de acordo com Frye, o final feliz das fantasias só pode ser um prelúdio das tragédias que se seguem, abrandadas com a esperança de que, após um longo tempo, o ciclo possa continuar e a narrativa passe à ironia e à sátira, e alcance o animador renascimento da comédia. Segundo esse argumento, pode-se concluir que toda fantasia indiretamente leva à tragédia.

VERÃO – romance (conflito)
6 Comédia irônica; sociedade invicta do herói
5 O herói falha em transformar a sociedade e escapa
4 O velho sucumbe aos desejos do herói
3 Renascimento festivo da nova sociedade
2 A sociedade cômica agora é parte da ordem estabelecida; religiosa, pastoril
1 A sociedade cômica se rompe; ênfase no individual e em lugares secretos e isolados
PRIMAVERA – comédia (renascimento)
1 O jovem herói inocente é atingido
2 A vida juvenil é interrompida; o herói é levado ao desastre, e algumas vezes sobrevive
3 O herói cai, mas tem êxito
4 Queda típica do herói, por causa da arrogância
5 O herói é diminuído, perde o rumo
6 O herói é torturado em um mundo de terror
OUTONO – tragédia (catástrofe)
O herói, um homem velho na torre, se retira para fazer estudos ocultos
O herói nasce
Juventude inocente do herói; cenários pastoris, mundo de magia
O mito da busca padrão
O herói mantém a inocência do mundo contra o ataque da experiência
O herói se retira da ação para contemplar a experiência
1 2 3 4 5 6
MUNDO DA INOCÊNCIA
MUNDO DA EXPERIÊNCIA
O senso comum é abandonado
Tragédia irônica explicada pela psicologia; o herói como "demasiado humano"
Tragédia irônica como parte inevitável do ciclo natural
Vida humana como cativeiro perpétuo
Sátira baseada no senso comum; o herói prudente em um mundo de insensatez
História picaresca do ladino bem-sucedido
1 2 3 4 5 6
INVERNO – sátira e ironia (o heroísmo se foi)

Não seria necessário mencionar que tais hipóteses são centrais para a conclusão sombria de *O Senhor dos Anéis*, já que os personagens preveem o fim de seu reino mágico e a ascendência da raça humana, como acontece na terceira fase da tragédia. No épico de Martin, um futuro ameaçador para o mundo ficcional é transmitido literalmente por meio de imagens sazonais que remetem à teoria de Frye, como a terra de Westeros entrando em um longo e frio inverno de duração desconhecida, e o reino dos humanos prestes a ser abalado pelo reaparecimento dos temidos e gélidos Outros, do Norte. Martin também criou um mundo no qual os animais icônicos da fantasia, os dragões, já estão extintos, embora o nascimento surpreendente de três dragões sob a proteção de Daenerys Targaryen forneça um mínimo de esperança de que a espécie possa reviver. Talvez ele preveja um final no qual todos os conflitos familiares sejam resolvidos e uma admirável civilização de cavaleiros e magia seja forjada. Mas, considerando que a saga é construída no passado medieval, seria possível acreditar que tal mundo de fantasia em algum momento acabará, para ser sucedido, como na obra de Tolkien, por um mundo decadente — não diferente do nosso.

Se, então, há inevitáveis indícios de possibilidades sinistras em *As Crônicas de Gelo e Fogo*, uma alternativa seria voltar a trama até fases antecedentes relacionadas com a comédia. Ou, se os autores resolvem explorar a pré-história de seus mundos de fantasia por outras razões, podem se encontrar atraídos por narrativas que se assemelhem mais à comédia do que ao romance. Assim, embora ninguém possa ter certeza do que levou Martin a a escrever seus prelúdios, não é surpresa descobrir que, ao contrário do épico principal, as histórias resultantes parecem projetar um tom mais leve, refletindo o espírito do *mythos* primaveril da comédia.

Os personagens de *O Cavaleiro dos Sete Reinos*, de fato, parecem criados precisamente para servir como uma alternativa cômica aos eventos mais sisudos da série principal. Um bastardo que não sabe nada sobre seus pais, Dunk é inteiramente desconectado das famílias reais de *As Crônicas de Gelo e Fogo* e, portanto, livre de quaisquer responsabilidades herdadas. Embora impressione por sua grande estatura, pela qual se autointitula "Sor Duncan, o Alto", ele nem sempre parece ser um guerreiro talentoso — no terceiro conto de *O Cavaleiro dos Sete Reinos*, "O Cavaleiro Misterioso", ele é facilmente derrotado por um oponente superior. E nem mesmo ter uma inteligência notável — sempre que comete um erro, ele mentalmente repete o que seu cavaleiro costumava lhe dizer: "Dunk, o tonto, grosso como o muro de um castelo", e descreve Egg como "mais corajoso do que eu, e mais esperto". Assim, ao contrário dos príncipes e guerreiros da série principal, ele nunca é sobrecarregado por altas expectativas enquanto vive suas aventuras. Além disso, ao utilizar os adereços de cavalaria que herdou do cavaleiro do qual foi escudeiro, Dunk improvisa seu caminho até a companhia dos nobres — viajando como "cavaleiro andante", pode servir a qualquer causa ou empregador que lhe agradar. Além disso, tem o poder de se transformar em qualquer tipo de pessoa, refletindo a observação de Frye de que "dificilmente pode haver tal coisa como a comédia inevitável", em contraste com o sentido de inevitabilidade que pode assombrar o *mythos* do romance.

Enquanto isso, Egg é nobre de nascimento e destinado a se tornar o rei Aegon V, mas fugiu de todas as responsabilidades normais de um jovem príncipe. Quando Dunk o encontrou pela primeira vez, o garoto estava viajando disfarçado (com a cabeça raspada para não revelar a cabeleira louro-prateada típica de sua família), em um esforço para evitar tornar-se escudeiro do irmão; Dunk então o aceita como cavalariço e, com a insistência do jovem, o emprega com relutância como seu escudeiro. Mais tarde, depois que sua verdadeira identidade é revelada, Egg insiste em permanecer como escudeiro de Dunk, e, quando este se recusa a servir na corte, ele tem permissão para acompanhá-lo como cavaleiro de aluguel durante suas viagens, mas ainda disfarçado de garoto pobre, o que Dunk afirma que servirá como um tipo melhor de treinamento.

Seu apelido tem ao menos três significados: "Egg" [ovo, em inglês] é a forma abreviada de "Aegon"; e seria um nome apropriado para um garoto careca, como nota Dunk — "A cabeça dele parece realmente um ovo"; além disso, o ovo normalmente é apontado como símbolo de renascimento. De certa maneira, Egg está renascendo quando deixa as roupas e os deveres de príncipe para aprender sobre a vida a partir da perspectiva de um homem comum. Na verdade, quando Dunk o vê pela primeira vez, ele está nu, saindo do banho em um riacho, como uma criança recém-nascida.

Também vale perceber, em termos de simbologia sazonal, que "O Cavaleiro Andante" começa durante a primavera, quando Dunk sepulta seu antigo empregador e está, portanto, livre para começar a própria carreira como cavaleiro. Isso está claramente em consonância com a máxima de Frye de que a comédia envolve a transição "de uma sociedade controlada pelo hábito, pela servidão ritual e pela lei arbitrária dos personagens mais velhos para uma sociedade controlada pela juventude e liberdade pragmática" (ao contrário do romance, que geralmente se concentra na defesa da ordem estabelecida, e não em sua derrubada). As referências introdutórias a um sol brilhante que é interrompido pelas "chuvas de primavera" são claramente distintas da noite fria e escura que inicia *A Guerra dos Tro-*

nos, imediatamente sugerindo uma narrativa de tom mais leve. Ela mais parece uma comédia — pelo menos na estrutura de Frye — quando o humilde Dunk impede o devasso príncipe Aerion de machucar uma titereira e, mais tarde, derrota-o em uma justa, temporariamente invertendo a ordem social, com o triunfo de um camponês sobre um príncipe — um reflexo da observação de Frye de que a comédia envolve "uma inversão dos padrões sociais". Na verdade, a história ainda tem conexões significativas com a série principal: o bêbado príncipe Daeron exemplifica o dom dos Targaryen de sonhos proféticos ao relatar um sonho de Dunk com um dragão morto, que corretamente prediz a morte do príncipe Baelor. E, assim como a batalha entre Dunk e Aerion, na qual cada um é acompanhado por seis cavaleiros, causa a morte de Baelor e leva Aerion ao exílio, a trama contribui para a cadeia improvável de eventos que por fim leva Egg ao trono. Mesmo assim, "O Cavaleiro Andante", como um todo, parece descompromissado, desnecessário para apreciar a série principal.

De modo mais significativo, a narrativa prepara o terreno para uma série de aventuras que terão pouca ou nenhuma relação com as questões mais importantes de *As Crônicas de Gelo e Fogo*: Dunk e Egg irão vagar pelo continente, formando alianças temporárias e encarando vários perigos; cada episódio contribuindo de alguma maneira para o amadurecimento daquele e para a formação deste. Isso descreve apropriadamente o segundo conto dos dois personagens, "A Espada Juramentada", na qual Dunk se liga a um cavaleiro menor, Sor Eustace, e deve ficar ao seu lado quando uma vizinha nobre, a viúva Senhora Rohanne, desvia o riacho de Eustace para o território dela. Embora Dunk derrote o cavaleiro em uma batalha, a disputa só é resolvida quando a Senhora Rohanne, que precisa de um marido para manter legalmente suas terras, inesperadamente concorda em se casar com Sor Eustace. Nesse intervalo, ao descobrir que Sor Eustace lutou pelo pretenso usurpador Daemon na Rebelião Blackfyre, um desiludido Dunk decide abandonar a tarefa e buscar outro trabalho.

De modo geral, a história segue o padrão do *mythos* de Frye para a comédia, e não o mito da busca do romance. Primeiro porque, apesar de a seca devastadora prover um contexto dramático para a história, o esforço de convencer um oponente a desmontar uma barragem parece um conflito menos grandioso do que os comumente vistos na narrativa fantástica; em certo ponto, Dunk reduz a questão a "uma competição de quem mija mais longe". Seus esforços para treinar alguns dos camponeses de Eustace para uma possível batalha revela que os homens estão comicamente inaptos, e quando Dunk se recusa a deixar Egg acompanhá-lo em um confronto com a Senhora Rohanne, o garoto, pelas costas, convence Sor Eustace a exigir sua presença, fazendo Dunk lamentar ser "enganado por um garoto de dez anos" — o que reforça a ideia de que não é muito inteligente. Ainda que ele vença a batalha final, o evento é infeliz: acontece em um riacho e sem absolutamente nada da dignidade e da pompa de uma justa de cavaleiros. Além disso, acaba tendo pouca importância, já que a questão é resolvida por um casamento inesperado e inconveniente, o que Frye descreve como o desfecho "mais comum" de uma comédia. Também é um exemplo do tipo de "manipulação" e das "reviravoltas improváveis" que ocorrem no final das histórias do gênero.

Apesar de seu espírito cômico, alguns aspectos de "A Espada Juramentada" sugerem uma mudança em direção ao mundo mais sombrio do romance. Primeiro, ainda que as estações literais nem sempre correspondam às metafóricas (segundo a teoria de Frye), pode ser significativo que o conto se passe no verão, em vez de na primavera, e os assuntos mais importantes da sucessão dinástica novamente se intrometam na aventura — já que o envolvimento de Sor Eustace na tentativa de derrubar o rei Daeron II se torna um elemento-chave na trama. Além disso, Sor Eustace é retratado como um saudosista que vive a contar histórias sobre batalhas ocorridas há muito tempo e, recordando a antiga posição elevada de sua família — como o seu cavaleiro, Sor Bennis, desdenhosamente observa —, ele fala "sobre quão importante costumava ser". Em contraste com a comédia, essa atitude parece refletir a "nostalgia extraordinariamente persistente" a qual Frye vê como característica do romance. Isso é ainda mais real quando Sor Eustace comprova como essas inclinações podem ser prejudiciais: obcecado com as lembranças de dias mais felizes, ele é negligente em manter qualquer força que possa combater competentemente em seu nome, o que força Dunk a afastar os camponeses mal preparados que recrutara para a tarefa, deixando claro que Sor Eustace perderá o córrego, tão importante para sua propriedade.

No final, no entanto, Sor Eustace é obrigado a voltar para o presente, aceitando a observação da Senhora Rohanne de que "o mundo muda"; ao se casar com ela, forja uma aliança improvável, mas que serve ao interesse de ambos. Curiosamente, seria possível interpretar esse desenvolvimento como uma mensagem codificada para os autores de prelúdios: "basta dessa obsessão com o passado dos mundos imaginados, voltem para o presente". Sem entrevistar Martin, é claro, não podemos dizer se esse significado é intencional ou se está, de fato, acenando para os fãs que se impacientam com os prelúdios. Mesmo assim, se um autor já sentiu necessidade de defender tal criação, há duas abordagens possíveis: afirmar que, como questão de responsabilidade, quem começa a escrever prelúdios, por qualquer razão que seja, deve terminar sua história; ou torná-los mais úteis, mais integrados à série principal, para evitar ataques por perda de foco com frivolidades.

É interessante notar que há evidências no terceiro livro de *As Crônicas de Gelo e Fogo, A Tormenta de Espadas*, que sugerem o desejo de aumentar a importância das histórias de Dunk e Egg. Em uma cena, Jaime Lannister, novo Senhor Comandante da Guarda Real, menciona Dunk como um de seus importantes antecessores:

> A cadeira atrás da mesa era de velho carvalho negro, com almofadas em pele alvejada de vaca, com o couro já fino. *Gasto pelo traseiro ossudo de Barristan, o Ousado, e, antes dele, por Sor Gerold Hightower, pelo Príncipe Aemon, o Cavaleiro do Dragão, Sor Ryam Redwyne e pelo Demônio de Darry, por Sor Duncan, o Alto, e pelo Grifo Branco, Alyn Connington.* Como podia o Regicida estar em tão elevada companhia?

Ele também lê uma biografia de Barristan que menciona, como um de seus feitos mais notáveis, ter derrotado Sor Duncan em um torneio. E, caso os leitores não se recordem dessas referências fugazes, Martin menciona o destino de Dunk ao longo da terceira história de *O Cavaleiro dos Sete Reinos*, "O Cavaleiro Misterioso": Sor John, o Violinista, que mais tarde revela ser filho do rebelde Daemon Blackfyre, profeticamente sonha que Dunk se tornará "um Irmão Juramentado da Guarda Real", embora ele desdenhe a ideia em três ocasiões.

Um homem apresentado, a princípio, como um plebeu humilde, é então afiliado a um personagem como Egg, destinado a ser uma figura renomada. Dunk dificilmente alcançaria um status elevado se continuasse a se envolver em disputas insignificantes com nobres rústicos. Em vez disso, para explicar seu destino, Martin cria aventuras que, de algum modo, funcionarão para elevar sua posição — assim como T. H. White fez com Artur, ao passá-lo de *A Espada da Pedra* (1938) para romances posteriores da tetralogia *O Único e Eterno Rei* (1938-1958); e como Tolkien "promove" os hobbits, ao passá-los de *O Hobbit* (1937) para *O Senhor dos Anéis*. Isso explicaria a mudança de tom observada em "O Cavaleiro Misterioso". Aparentemente, seria apenas outra aventura aleatória para a dupla, quando Dunk e Egg, viajando para o Norte em busca de emprego, encontram alguns cavaleiros que falam de um casamento próximo, no qual haverá um torneio, e Dunk decide participar do evento.

Contudo, essa é também outra história que acontece no verão, e não na primavera, com o relato se iniciando com Dunk e Egg cavalgando sob uma "leve chuva de verão", e o torneio acabando de modo muito mais significativo do que eles imaginavam. Na verdade, o filho disfarçado de Daemon e outros compatriotas estão reunidos no casamento para organizar uma segunda rebelião contra o rei Daeron II, como Egg vem a suspeitar quando percebe que muitos dos participantes estavam envolvidos na primeira rebelião. Depois de ter evitado o início da rebelião, Dunk conhece a Mão do Rei pessoalmente, o poderoso Corvo de Sangue, que, por sua vez, descobre quem é o cavaleiro que vem treinando em segredo o príncipe Aegon, seu parente. Tendo ajudado a frustrar uma nova rebelião e com novos amigos em posições elevadas, agora Dunk parece mais bem colocado para almejar um posto na Guarda Real — ainda que sejam necessários mais triunfos para que ele possa alcançar tal cargo.

Como um pequeno, mas significativo sinal de mudança de tom nos contos, Corvo de Sangue figurava até então como uma presença invisível, mas constantemente temida, alguém que era tido como um feiticeiro com espiões por todas as partes, sempre ciente de qualquer prenúncio de traição. Em "A Espada Juramentada", lembrando da ocasião em que vira o homem, Dunk relata que "aquela lembrança o fazia estremecer", e regularmente repete uma brincadeira paranoica que sugere sua vigilância onipresente: "Quantos olhos Lorde Corvo de Sangue têm? [...] Mil olhos, mais um". Isso é exatamente o que personagens típicos da comédia, membros das classes mais baixas, como Dunk, pensariam sobre um governante poderoso e opressor. Mesmo assim, no final de "O Cavaleiro Misterioso", Corvo de Sangue tem uma conversa com Dunk, na qual ele aparece como um líder firme, mas razoável, capaz até mesmo de rir das exigências imprudentes de seu primo Egg, que implicitamente defende sua crueldade, lembrando que o homem dissera a seu pai que "era melhor ser assustador do que assustado". Repentinamente, Corvo de Sangue parece mais um companheiro agradável, em sintonia com as perspectivas incertas e os contos da série principal. E o homem que antes o temia, que se sentia "pouco à vontade" perto de nobres em "O Cavaleiro Andante", agora conversa quase de igual para igual, o que assinala que Dunk agora convive com membros da realeza e passará a partilhar de suas atitudes.

E já que ninguém nunca pode ter certeza de onde os futuros prelúdios de Martin levarão seus personagens, seria razoável prever que histórias posteriores, assim como "O Cavaleiro Misterioso", terão Dunk acompanhado por um Egg mais maduro, novamente se encontrando com nomes presentes nas árvores genealógicas reais de Westeros, e reforçando sua reputação com feitos significativos; e, em algum momento, conquistando a promoção para a Guarda Real, um dos mais altos postos para uma pessoa sem sangue real. Como resposta a qualquer objeção quanto à atenção que Martin dedica ao personagem, pode-se especular que vários feitos de Dunk se mostrarão importantes precursores de ações ocorridas na série principal. Como outro aspecto da crescente proeminência de Dunk, também é possível que o autor esclareça o mistério de seu nascimento, talvez revelando que ele pertence, na verdade, a uma das grandes famílias do épico. Certamente, os sonhos vívidos de Dunk, sua confissão para Sor John de que também tivera um sonho profético no qual se juntava à Guarda Real, e seu comentário de que "todos nós somos filhos bastardos do velho rei Aegon, se metade dessas histórias forem verdadeiras", servem como pistas de que ele pode ser membro da família Targaryen.

Ao dar tais passos, Martin transforma as histórias de Dunk e Egg em prelúdios importantes de *As Crônicas de Gelo e Fogo*, e no futuro, talvez, um ou mais volumes dessas aventuras, e não *A Guerra dos Tronos*, serão apresentados como o verdadeiro início da série. Vemos que as expectativas levantadas ao fim do primeiro conto de *O Cavaleiro dos Sete Reinos* — de uma série de aventuras envolventes, mas descompromissadas, de um cavaleiro itinerante e seu escudeiro — foram, no fim, superadas, e que essas histórias foram ganhando uma aura de importância que remete à série original, já que agora envolvem as conquistas heroicas de um futuro líder militar e a educação de um futuro rei.

Dessa maneira, torna-se necessário modificar a hipótese levantada previamente sobre os prelúdios: pode *parecer* que eles são escritos apenas como peças descontraídas e complementares a épicos grandiosos, mas o resultado é que muitos deles replicam a natureza e a atmosfera da história original, tornando-se, alguém poderia dizer, épicos grandiosos por si mesmos. Certamente, qualquer fuga que Tolkien buscasse em seus próprios prelúdios de *O Senhor dos Anéis* nunca foi alcançada, já que todo o material de *O Silmarillion* imita a grandeza de seus antecessores. Na forma do detalhado material reunido posteriormente em *Os Filhos de Húrin* (2007), os prólogos ganham até mesmo um tom trágico, nunca observado na própria trilogia. É possível que as histórias de Dunk e Egg da mesma maneira, conforme eles assumem seus papéis reais e avancem na direção de suas já anunciadas mortes, comecem a projetar a sensação de tragédia iminente da série principal. Talvez seja necessário começar a descrever esses prelúdios como as histórias de Duncan e Aegon, e não os contos de Dunk e Egg, para melhor refletir essa seriedade.

Assim, em vez de fornecer a Martin um trabalho alternativo e mais leve para acompanhar os componentes mais sérios de *As Crônicas de Gelo e Fogo*, as histórias de Dunk e Egg se tornaram tão sérias quanto a narrativa principal, tarefa importante que ele precisa completar, em adição ao épico original. Agora, com dois trabalhos similares sob sua responsabilidade, o que quer que originalmente o tenha levado a escrever prelúdios pode inspirá-lo a lançar outra série deles, envolvendo novos personagens, o que mais uma vez ofereceria a possibilidade de aventuras cômicas e divertidas. E se isso se tornar um ciclo sem fim, seria apenas uma variação das narrativas cíclicas que, segundo Northrop Frye, ocupam o centro de todas as formas de fantasia.

Gary Westfahl, aposentado da Universidade da Califórnia, em Riverside, trabalha como professor adjunto da Universidade de La Verne. Além de publicar centenas de artigos e resenhas, dentre elas mais de cinquenta resenhas de filmes para a Locus Online, é autor, editor e coeditor de mais de vinte livros sobre ficção científica e fantasia, incluindo o indicado ao prêmio Hugo, *Science Fiction Quotations: From the Inner Mind to the Outer Limits*, e *The Greenwood Encyclopedia of Science Fiction and Fantasy: Themes, Works and Wonders*. Em 2003, ganhou o prêmio Pilgrim, da Associação de Pesquisa em Ficção Científica, por suas contribuições para as pesquisas sobre ficção científica e fantasia.

A ARTE IMITA A GUERRA

Transtorno do estresse pós-traumático em As Crônicas de Gelo e Fogo

MYKE COLE

É difícil ser objetivo ao falar sobre o que faz *As Crônicas de Gelo e Fogo* tão incrivelmente interessante. Trata-se de uma das mais celebradas e famosas obras da fantasia moderna, ao lado de Tolkien, Jordan e Sanderson. Se há uma área específica na qual gosto de me focar é na habilidade de Martin com o psicológico dos personagens. George entra com facilidade na mente de uma miríade de figuras que nada têm a ver com ele. Vemos através dos olhos de Cersei, uma mulher arrogante; de Tyrion, um anão deformado; de Bran, um garotinho aleijado; de Petyr Baelish, um astuto conspirador político. A lista continua: eunucos, mães, ferreiros, bastardos e até animais e monstros. Cada um deles completamente real. Cada um, autêntico.

E cada um deles sofre de um trauma intenso. Martin não é muito gentil com seus personagens. Westeros é um lugar difícil para se crescer. Cada figura principal da saga é horrivelmente traumatizada em algum momento, e isso é exacerbado conforme as histórias evoluem. É no trauma e em como os personagens reagem a ele que vejo Martin em sua melhor forma.

Estive na guerra três vezes e servi em dois grandes desastres nacionais. Vi em primeira mão o que sérios traumas mentais e emocionais fazem com as pessoas. Nunca esperei que essa experiência se aplicasse a uma obra de fantasia, mas, quando terminei *A Dança dos Dragões*, percebi em um estalo que Martin tinha capturado a gama de reações associadas ao transtorno do estresse pós-traumático (TEPT). Para minha surpresa, tinha retratado o TEPT com precisão, como *realmente* acontece, em vez dos equívocos comuns acerca da doença. A forma como ele retratou os personagens traumatizados me deslumbrou pela autenticidade. Ele captou um aspecto essencial e muitas vezes esquecido do TEPT de um modo totalmente correto: em geral, experiências traumáticas danificam de forma irreversível um caráter, mas em outras elas emancipam e fortalecem o portador do transtorno. Esses opostos, reações autênticas da doença, são ilustrados em *As Crônicas de Gelo e Fogo* por meio de dois personagens importantes: Arya Stark, emancipada como resultado do trauma, e Theon Greyjoy, destruído por ele.

Aqui eu preciso fazer uma ressalva. Não sou um profissional de saúde mental; sou um cara com algumas experiências em relação a como o TEPT se manifesta. Os especialistas poderiam censurar minhas interpretações, mas o estudo e a definição do TEPT são um assunto recente na saúde mental. O fenômeno muda conforme a natureza da batalha e o estilo de vida do guerreiro mudam, e a velocidade dessa mudança é agora maior do que nunca. Há apenas alguns meses, a taxa de suicídio entre militares era a mais alta de todos os tempos nos Estados Unidos. A fim de ajudar aqueles que sofrem de TEPT, estamos nos enveredando às cegas por seu terreno.

Para entender como essa discussão se aplica aos personagens de *As Crônicas de Gelo e Fogo*, é necessário entender o que é o TEPT e como ele funciona. O transtorno é atualmente tratado como uma patologia quase física. Você é examinado, diagnosticado e recebe um tratamento. Tira licença ou faz repouso. Responde aos medicamentos ou à terapia e volta ao trabalho, como se simplesmente estivesse curado de uma infecção de garganta. Embora a ponta do iceberg seja a natureza crônica da condição, a ênfase permanece na patologia.

TEPT e o código de cores de Cooper

O TEPT é muito traiçoeiro e duradouro. Para entender como ele impacta as vítimas, podemos nos guiar pelo código de cores criado por Jeff Cooper, fuzileiro naval e instrutor de tiro norte-americano. O sistema, criado originalmente para desenvolver uma "mentalidade de combate" que permitisse a sobrevivência a confrontos súbitos e letais, foi apresentado pela primeira vez em seu livro *Principles of Personal Defense* (1989), e mais tarde adaptado na obra seminal de Ed Lovette e Dave Spaulding, *Defensive Living* (2000) — que eu, como muitas pessoas marcadas pelo Iraque e pelo Afeganistão, li como parte de meu treinamento.

O Código de Cores de Cooper postula que a maioria dos indivíduos, pelo menos em sociedades relativamente seguras e pacíficas como os Estados Unidos e a Europa, vivem em "Condição Branca". São alegremente inconscientes do perigo. Quando ocorre uma exposição repentina ao trauma, a maior parte na Condição Branca muda imediatamente para a "Condição Negra", uma postura defensiva de pânico paralisante ou negação. Pessoas na Condição Negra costumam se comportar de maneira autodestrutiva, rendendo-se a criminosos que não têm intenção de fazer prisioneiros, voltando-se para a descrença ("isso não pode estar acontecendo comigo") ou simplesmente ficando catatônicas.

Cooper argumenta que a Condição Negra poderia ser evitada se essas pessoas fossem treinadas em situações de combate para viver sempre na "Condição Amarela", um estado relaxado, mas vigilante, no qual os indivíduos se mantêm conscientes da situação. No Iraque, chamamos isso de "ter olhos atrás da cabeça". Um indivíduo na Condição Amarela está constantemente pensando: "Posso ter que lutar a qualquer momento", e está preparado para isso.

É aqui que o TEPT se torna bastante desagradável. Não é, na verdade, um "transtorno", como os modernos especialistas médicos o enxergam. É uma mudança na perspectiva. Ser forçado para a Condição Negra *ou* treinado para viver na Condição Amarela é altamente traumatizante. *Ambos* mudam sua visão de mundo, muitas vezes de modo permanente. Ambos ficam embrenhados na personalidade, mudando o indivíduo de modo que ele jamais esperaria. Algumas vezes, supreendentemente, para melhor.

Mas, ainda assim, traumatizante. É fácil entender a mudança da Condição Negra: uma pessoa eternamente assustada com o mundo, vendo o véu sendo arrancado e o horror da mortalidade revelado em toda a sua crueza. Essas pessoas manifestam aspectos dessa condição pelo resto da vida. Ficam congeladas, assustadas, atordoadas. Podem ficar catatônicas, seja naturalmente ou pelo uso de drogas ou álcool. Os comportamentos autodestrutivos da Condição Negra também podem se manifestar em mecanismos de enfrentamento após o trauma. Os portadores podem atacar amigos e família, apresentar comportamento viciante ou afundar em um pântano de autopiedade. Cooper discute a Condição Negra em termos de seu impacto imediato em uma situação de combate, mas ela tem efeitos duradouros como parte do

TEPT e na forma como aqueles que experimentaram o trauma lidam com as consequências ao longo da vida.

O mesmo é válido para os que vivem na Condição Amarela. É, também, um mecanismo de enfrentamento que dura muito depois de passado o trauma inicial. Não posso andar por uma rua sem olhar quem está atrás de mim, quem está depois de cada esquina que passo. Não posso me sentar confortavelmente em um restaurante ou café, a menos que esteja encarando a entrada, de costas para a parede. Minhas mãos automaticamente vão para minha "área de trabalho" — para diante de meu rosto, onde posso ver minha pistola em ação — sempre que ouço um carro cantar os pneus. Confiro travas e alarmes o tempo todo. Certa vez, um sem-teto agarrou meu cotovelo por trás, só para chamar minha atenção. Quase acabei com ele. Alguns diriam que esses são efeitos menores. Asseguro que não o são. Manter vigilância constante é muitíssimo desgastante, física e mentalmente. Com o passar dos anos, isso deixa marcas em você.

Com essa mudança de perspectiva, em geral se forma um holocausto pessoal, pois a visão de mundo pré-trauma do portador de TEPT revela-se falsa. Ilusões de segurança, que normalmente constituem a base da vida diária, são desfeitas. A maioria de nós é capaz de trabalhar e se divertir sem pensar sobre que ameaças pairam ao nosso redor, sobre como nossa vida pode ser extinta de forma rápida e barata. Com a percepção do imediatismo das ameaças, a base sobre a qual construímos nossas vidas é desmantelada.

E o que foi desmantelado deve ser reconstruído.

Aqui é onde o TEPT pode tanto emancipar quanto aleijar. Uma série de fatores atua em como o portador de TEPT constrói uma nova vida. Muitos mudam de forma permanente para a Condição Negra, vivendo sob um regime de horror e medo.

Outros, e eu diria que em menor número, passam para a Condição Amarela, marcados por cicatrizes, mas capazes de encarar futuros eventos traumáticos. Portadores de TEPT muitas vezes deslizam por uma escala entre os dois extremos dessas duas condições, oscilando entre elas de um dia para outro. Mas, para ilustrar a manifestação dessas condições no épico de Martin, os extremos serão mais eficazes.

Arya Stark e a Condição Amarela

"Agulha era as muralhas cinzentas de Winterfell,
e o riso do seu povo."
— *O Festim dos Corvos*

Apesar de a Condição Amarela ainda ser um estado traumatizado, é um estado que emancipa. Aqueles que reagem ao trauma migrando para ela exercem o que alguns considerariam mecanismos de enfrentamento positivos, tais como: hipervigilância, insensibilidade na tomada de decisões, reações rápidas a situações perigosas, atenção extra à segurança pessoal, compromisso com treinamento e mudanças no estilo de vida que garantam prontidão para futuros eventos traumáticos.

Não quero subestimar esses mecanismos de enfrentamento. Uma pessoa em permanente Condição Amarela está traumatizada e sofre de TEPT. Não é, em geral, um lugar agradável para se estar, mas, em termos de percepção externa, é o que tem mais chances de garantir o "sucesso" do portador no que diz respeito à sua sobrevivência a longo prazo.

Arya Stark, como muitos na guerra, é arrancada da relativa segurança ainda criança. Criada como herdeira de uma casa nobre, uma das posições mais privilegiadas que alguém pode ter no mundo brutal de Westeros, ela testemunha o primeiro assassinato aos nove anos de idade. É o massacre do garoto camponês Mycah, a quem ela defendeu contra os tormentos do príncipe Joffrey. Essa morte anda de mãos dadas com a perda de um dos preciosos lobos da família Stark e com a separação de Arya de sua própria loba, Nymeria. Talvez mais significativo seja o fato de que a violência é injusta e casual, perpetrada por um inimigo poderoso mas com fraco julgamento. Mycah e Lady são mortos quase como um detalhe, sem a mínima consideração ao senso de justiça na presença do poder esmagador do Trono de Ferro.

Esse é precisamente o tipo de experiência "arrancadora de véus" que pode levar à mudança de visão de mundo, comum naqueles que sofrem de TEPT. Uma garotinha, criada com ilusões de justiça e segurança, deve repentinamente confrontar a dura realidade. Aqueles no poder, muitas vezes com um movimento impensado do pulso, podem destruir as coisas que nos são mais queridas. Não demora muito para que um trauma seja construído sobre outro, quando Arya testemunha a destruição de sua família e a brutal execução de seu pai. Apesar de Yoren cobrir seus olhos, ela sabe o que está acontecendo.

Mas Arya é filha de Ned Stark, criada por um guerreiro que esteve na Condição Amarela desde a Batalha do Tridente, e possivelmente também muito antes disso. Quando Arya resiste ao papel de dama da corte que Sansa prontamente aceita, os homens de sua família demonstram uma compreensão surpreendente. Eles a trazem, de modo um pouco relutante mas o mais gentil possível, até o mundo dos guerreiros.

Ser presenteada com a espada Agulha e seu treinamento com o esgrimista bravosiano Syrio Forel são, talvez, os fatos mais simbólicos da entrada de Arya na Condição Amarela. Enquanto os efeitos da guerra ainda não atingem completamente sua vida, ela é aos poucos endurecida para enfrentar um mundo perigoso. Os instrumentos físicos de combate são reais, dispositivos palapáveis de enfrentamento. Mais tarde, ela contará com sua força interna, mas inicialmente a espada e o treinamento para usá-la representam o brotar da semente de sua nova perspectiva de vida. Arya mostra melhor seu comprometimento com a nova condição e a saída do papel feminino tradicional na cena em que Jon Snow diz a ela que todas as melhores espadas têm nomes. "Sansa pode ficar com as agulhas de costura", ela replica, na série de TV. "Tenho minha própria Agulha." ("A Estrada do Rei", segundo episódio da primeira temporada.)

A destruição da antiga visão de mundo e a construção de uma nova perspectiva acontecem quase que literalmente. Arya reage ao trauma abandonando sua identidade e se reinventando do começo; pelo menos dez vezes, assume novas faces, que passam por sua loba Nymeria, para cuja pele ela pode deslizar, até Arry, o menino de rua órfão, ou Beth, a pedinte cega, através da qual finalmente realiza seu primeiro assassinato para os Homens sem Rosto. Neste caso, a medida é também prática, já que ela é herdeira de uma casa nobre, pode ser reconhecida com facilidade e é caçada implacavelmente.

O trauma de Arya destroça seu mundo. Perdida nas ruas da Baixada das Pulgas, ela se reergue como uma garota capaz, guerreira, alerta. Cercada pela morte, dedica-se ao seu estudo; em seguida, passa a matar, impulsivamente, no início, como faz com o cavalariço de Porto Real, depois propositalmente e com maior habilidade, primeiro por meio de Jaqen H'ghar e, logo após, pelas próprias mãos e através dos dentes de Nymeria. Sua razão de ser, que outrora era conciliar o conflito entre sua natureza aventureira e as tradições de sua família, é substituída pela lista dos nomes dos inimigos de quem ela jurou se vingar: "Sor Gregor — sussurrava para sua almofada de pedra. [...] Sor Amory, Sor Ilyn, Sor Meryn, Rei Joffrey, Rainha Cersei" (*A Fúria dos Reis*).

Ela emerge do turbilhão de seu trauma horrivelmente transformada. Mesmo para os brutais padrões de Westeros, sua infância foi destruída. Arya é abalada até as raízes.

Ainda assim, os mecanismos de enfrentamento que desenvolve para lidar com o TEPT a fortalecem. Ela é mais capaz e poderosa do que era antes dos incidentes que a transformaram. Ao final de *A Dança dos Dragões*, está no caminho de se estabelecer como uma dedicada e habilidosa assassina profissional: desembaraçada, intuitiva, sem remorsos e mortal.

A Condição Amarela se integra ao caráter de Arya. Ela é emancipada: não menos traumatizada pela transformação, mas tampouco mais fraca.

Theon Greyjoy e a Condição Negra

> "Só um tolo se rebaixa quando o mundo está tão cheio de homens ansiosos por fazer esse serviço por ele."
>
> — *A Fúria dos Reis*

Normalmente, aqueles que estão na Condição Negra desenvolvem mecanismos de escape que seriam avaliados como negativos por quem vê a situação de fora. Como resultado de TEPT, esses indivíduos são ativamente autodestrutivos, em geral das seguintes maneiras: alguns paralisam, ficam catatônicos e não conseguem reagir a futuros eventos traumáticos, deixam que o mundo lide com eles; outros podem apelar para a autodestruição através de comportamentos compulsivos, como vício em drogas, álcool ou sexo. Desvinculados de um mundo que se tornou terrível demais para eles, podem se arriscar até o ponto do suicídio ou afastar as pessoas queridas que tentam ajudá-los.

Theon Greyjoy, na superfície, tem uma formação similar à de Arya, com sua ilusão de segurança. Mas há uma diferença importante entre eles: Theon vive como refém da família Stark — embora em público seja tratado como membro do clã — em troca do bom comportamento de seus próprios parentes, os Greyjoy das Ilhas de Ferro.

Enquanto Arya é induzida à Condição Amarela por uma família prudente e amorosa, Theon é arrancado de seus parentes guerreiros e jogado em um ambiente suave, se comparado com sua origem. Os Stark são guerreiros, mas a realidade de Winterfell está muito distante do que se passa nas Ilhas de Ferro, onde cada aspecto da existência, desde o nascimento, é imbuído da pompa da guerra. Mesmo assim, Theon recebe a desconfiança das pessoas que o mantêm como refém. Não recebe nenhuma ajuda, ele não é educado para lidar com os infortúnios da vida. Theon não tem o amparo de um presente como a espada de Arya ou de um paciente e gentil mestre de esgrima. A Condição Negra começa cedo em sua vida.

Sua vida em Winterfell é marcada pelas constantes recordações de que ele vive à mercê de seus captores, condicionado pelo bom comportamento de seu próprio clã. Recebe um tratamento pior do que o bastardo Jon Snow, que nem mesmo tem sangue nobre. Robb Stark reforça essa posição marginalizada depois que Theon bravamente salva a vida de Bran. "Jon sempre disse que você era um cretino, Greyjoy", ele diz sobre a decisão de Theon de usar o arco para derrubar o agressor, embora o disparo tenha sido perfeito e o garoto não tenha se machucado. "Devia acorrentá-lo no pátio e deixar Bran praticar um pouco de tiro ao alvo em *você*" (*A Guerra dos Tronos*).

Os sinais da Condição Negra se manifestam logo no começo da narrativa de Theon. Muitos dos que sofrem de TEPT desenvolvem comportamentos viciantes e autodestrutivos. No caso de Greyjoy, Martin representa isso com sexo, pintando-o como um devasso de certo renome. Como um vício, o personagem usa o sexo não tanto como fonte de prazer, mas para amenizar uma compulsão. Theon se lembra de ter se deitado com a mulher do moleiro "uma vez ou duas" em *A Fúria dos Reis,* e que não havia nada de especial nela, o que revela falta de satisfação no ato. O sexo também aparece como o meio pelo qual Theon aproveita algumas migalhas de poder pessoal, ao passo que, como refém, tanto foi tirado dele. Isso se reflete na natureza adúltera de algumas de suas conquistas, e na forma como ele tem prazer em humilhar suas antigas amantes, como Kyra. Depois de envergonhá-la em público, confidencia a Robb Stark que ela "contorce-se como uma doninha na cama, mas basta dizer-lhe uma palavra na rua para ficar cor-de-rosa como uma donzela" (*A Guerra dos Tronos*). Ele, então, emenda a narrativa detalhada de um encontro sexual, antes de Robb interrompê-lo.

A natureza autodestrutiva do vício em sexo de Greyjoy é mais tarde ampliada quando, como um meio de humilhá-lo, sua irmã, Asha, o seduz. Quando é enviado como embaixador para sua antiga casa, ele não a reconhece, e tenta cortejá-la. Asha, que reconhece Theon e sua fraqueza, joga com ele e só mais tarde revela o parentesco entre os dois. Esse engodo é também o golpe final em uma cadeia de rejeições familiares, atitudes que o deixam completamente sem rumo: seus parentes, homens de ferro, declaram que ele é mole e fraco, por ter passado muitos anos que passou em Winterfell. Eles o desprezam. Os Stark, por sua vez, demonstram que nunca confiaram plenamente nele e estão dispostos a usá-lo para seus próprios interesses políticos. Ned lembra os leitores disso quando pede à esposa que fique de olho em Theon, porque "se houver guerra, teremos grande necessidade da frota de seu pai" (*A Guerra dos Tronos*). O objetivo não é mantê-lo a salvo, mas mantê-lo seguro como moeda de troca.

Depois de ser rejeitado por sua família biológica, os impulsos autodestrutivos de Greyjoy passam dos limites. Alguns podem argumentar que a tomada de Winterfell por ele é o ato ousado de um homem que tenta estabelecer sozinho e provar seu valor para uma família que julga os homens pelos feitos nas armas. Eu interpreto como o golpe rancoroso de uma criança ferida por todos ao seu redor, todos aqueles que ele ama e deveria amar. Esta é a clássica Condição Negra: desenvolver um comportamento de alto risco, debatendo-se em reação ao trauma com o qual não consegue lidar. A escolha de Arya é emancipadora; a de Theon é reativa, guiada por sua inabilidade de reconciliar o mundo real com aquele no qual pensava viver.

Theon praticamente desaparece em *A Tormenta de Espadas* e *O Festim dos Corvos*, embora existam algumas pistas do que pode ter acontecido quando um pedaço de sua pele é entregue a Catelyn Stark no Casamento Vermelho. Essa recordação horrível é um indicativo do que está ocorrendo nos bastidores: a mudança de Theon para a Condição Negra se torna permanente sob a tortura contínua que sofre nas mãos de Ramsay Bolton. Quando reaparece, em *A Dança dos Dragões*, sua transformação é completa.

Como Arya, Theon abandonou sua antiga identidade e se reconstruiu completamente, embora, no caso dele, em uma identidade na Condição Negra, não na Condição Amarela.

Enquanto Arya se torna capaz, experiente e lutadora adaptável, Theon afunda na autopiedade, no terror e na paralisia. Ele emerge desse pântano como o fétido e assombrado Fedor, bajulador e lacaio de seu torturador, o monstro Ramsay, Bastardo de Bolton. Quando somos apresentados a Fedor em *A Dança dos Dragões*, vemos que sua degradação é tamanha que ele chegou ao ponto de comer ratos. Quando os guardas se aproximam de sua cela, seu único pensamento é: "Se me pegarem com esse bicho, vão tirá-lo de mim e vão contar para Lorde Ramsay, e ele vai me machucar".

Se o "mantra" de Arya é de empoderamento — uma lista de seus inimigos —, o de Theon é um lembrete para aderir ao caminho da autodestruição: "Servir, obedecer e lembrar seu nome. Fedor, Fedor, rima com amor" (*A Dança dos Dragões*). Arya encara cada novo inimigo e trauma com determinação renovada. Seja o caos na Fortaleza Vermelha, a vida das ruas da Baixada das Pulgas, os rigores de Harrenhal; ela continuamente se refaz para encarar melhor o desafio atual e se preparar para o próximo. Theon reage na direção oposta à de Arya quando é exposto à esfola, perda dos dentes, falsa esperança engendrada por sua fuga do Forte do Pavor e à caçada subsequente que enfrenta, além de diante da destruição de sua antiga amante, Kyra. Cada golpe o afunda ainda mais na identidade de Fedor.

Novamente, alguns podem simpatizar com ele, argumentando que a tortura enfrentada por Theon desmontaria qualquer homem — ele fora lesado de um modo do qual jamais poderia se recuperar, sujeitado a horrores que traumatizariam até mesmo os mais resistentes.

Poucos manteriam a cabeça erguida diante do tipo de tortura que Bolton inflige sobre Theon, que o deixa com a cruel escolha entre a morte ou a perda da identidade. A Condição

Negra se torna a estrutura que ele abraça para sobreviver. Conheci muitas pessoas que retornaram do Iraque e do Afeganistão sem membros. Um amigo foi atingido "em dose dupla": por um explosivo improvisado programado para detonar pouco depois de uma carga primária, num ato intencional de driblar quem tentasse desarmá-la. Ele se tornou um quebra-cabeças, com o rosto e o corpo cruzados por linhas pretas. Um olho se foi, e seu braço desapareceu abaixo do cotovelo. Mas sua identidade permanece incólume. A dilaceração de seu corpo, a constante agonia, a amargura com a injustiça do trauma que sofreu — nada disso atingiu o homem que ele é por dentro. A reação de Theon à tortura e ao trauma pode ser o resultado mais provável, mas não é o único possível. Há homens que morreriam antes de permitir a si mesmos se transformarem em Fedor, independentemente do que tivesse acontecido com eles.

A identidade de Fedor é o melhor exemplo de uma Condição Negra permanente que já encontrei na ficção. A cena horripilante em que Ramsay força Theon a degradar a si mesmo e à falsa "Arya", Jeyne Poole, ilustra bem a degradação à qual essa zona sombria pode sujeitar uma pessoa. É o resultado final e mais aterrorizante de TEPT, o destino de uma pessoa totalmente incapaz de lidar com o trauma que enfrenta.

A situação de Theon Greyjoy quase me levou às lágrimas, porque já vi essa transformação antes, tão angustiante que até a morte parece misericordiosa quando comparada com ela.

Acertando as coisas

O transtorno de estresse pós-traumático não é uma novidade: ele existe desde quando a humanidade começou a vivenciar traumas. No entanto, as guerras do Iraque e do Afeganistão colocaram o assunto sob o radar do interesse nacional, como uma questão séria de saúde mental que exige extrema atenção. Como ocorre com qualquer novo objeto de estudo, há muito para se descobrir em termos de padrões de comportamento e sintomas. Questões complexas desafiam qualquer tipo de classificação, afinal, a mente humana é um mecanismo altamente intrincado.

O Código de Cores de Cooper é uma maneira limitada e talvez até inadequada de categorizar reações ao trauma. É projetado para lidar com situações táticas imediatas e em rápida evolução. Mesmo assim, nos fornece um meio eficaz para enquadrar o problema do TEPT em longo prazo. Trata-se de uma ferramenta adicional para discutir a questão, para começar a esboçar os parâmetros que precisamos entender se desejamos algum dia encontrar soluções para esse problema. O Código de Cores de Cooper é uma analogia, uma forma de dizer: "o TEPT é mais ou menos assim".

Ironicamente, a ficção — no caso, a fantasia — se torna outra opção nessa caixa de ferramentas, uma vez que a saga épica de Martin e as ações de seus personagens nos oferecem outra analogia, que podemos usar para tentar definir mecanismos de enfrentamento, para associá-los à resposta ao trauma e para começar a resolver os problemas que eles apresentam. Os comportamentos de Arya e Theon, assim como de outros personagens em *As Crônicas de Gelo e Fogo*, merecem minha atenção porque refletem comportamentos que já vi em combatentes reais que retornam da guerra e em negociadores de crises que tentam viver com os efeitos de suas experiências. Nisso, a facilidade de Martin com os personagens pode ser um poderoso e útil novo ângulo a partir do qual abordar o problema; e, sua escrita, uma janela para o sofrimento daqueles que vivem à sombra do TEPT.

Myke Cole é autor da série de fantasia militar *Shadow Ops*, que já tem dois volumes: *Control Point* e *Fortress Frontier*. Como consultor de segurança de governos civis e escritórios militares, sua carreira abrange desde o contraterrorismo até a guerra cibernética, passando pelo cumprimento da lei federal. Esteve três vezes a serviço no Iraque e foi chamado para servir durante o vazamento de óleo da Deepwater Horizon. Também atuou como oficial durante o Furacão Irene.

O Custo Brutal da Redenção em Westeros

Ou... Que ambiguidade moral?

Susan Vaught

Em seu ensaio "Epic Pooh", Michael Moorcock postula que a trilogia *O Senhor dos Anéis*, de J. R. R. Tolkien, é pouco mais do que uma prosa infantil que "conta mentiras reconfortantes". Moorcock descreve o épico como um antirromance, misturado com o sistema de crenças cristãs do autor até o ponto em que a fé é substituída pelo rigor artístico. Os camponeses de Tolkien servem com um "baluarte contra o Caos [...]. Eles não fazem perguntas sobre os homens brancos em roupas cinzentas que, de algum modo, têm o controle sobre o que é melhor para nós". James L. Sutter aprofunda essa questão em seu ensaio publicado em novembro de 2011 no site Suvudu, intitulado "The Grey Zone: Moral Ambiguity in Fantasy", notando que *O Senhor dos Anéis* tem a simplicidade dos contos de fada, desenhado sobre arquétipos de bem e mal de modo tão gritante que os personagens podem ser facilmente classificados em categorias de obviamente "bom" ou irrefutavelmente "mau".

Sutter coloca *As Crônicas de Gelo e Fogo* de George R. R. Martin como contraponto, afirmando que Martin apresenta um antídoto para a tediosa dicotomia bem/mal de Tolkien, que consiste em "remover por completo os limites [...]. Poucos de seus personagens são inquestionavelmente bons ou irremediavelmente maus". Essa descrição está de acordo com aquelas oferecidas por outros comentaristas. Heather Havrilesky, em sua resenha de 2011 no *New York Times* sobre a adaptação da HBO para o épico de Martin, descreve a narrativa como "hedonista e sombria", sugerindo que encarna uma visão de mundo niilista. Sutter vai além: ele nota que a série tem uma "falta de indicadores moralistas". Como muitos leitores e críticos, identifica o mundo de Westeros como um lugar mais bem descrito como moralmente ambíguo.

Essa percepção parece surgir do fato de que os personagens não podem ser facilmente classificados em categorias de "bom" ou "mau" a partir de intenções, traços de caráter, ações, alianças e consequências. Ao contrário dos heróis e vilões arquetípicos da obra de Tolkien, os personagens de Westeros são frequentemente avariados, falhos e cercados por emoções ou paixões avassaladoras que abalam suas intenções heroicas. Na narrativa de Martin, parece que o mau comportamento e os propósitos corruptos são recompensados, enquanto a boa índole e até mesmo a mais pura das intenções são punidas. O caminho linear da fantasia de "faça o bem e vença" (depois de alguns contratempos assustadores)/"faça o mal e perca" (depois de algumas vitórias aparentemente importantes) não está presente em Westeros. Os personagens muitas vezes não possuem um alinhamento claro, e ainda que consigam posicionar-se no polo de maldade ou no de bondade, isso é pouca garantia de sucesso, de fracasso ou de sobrevivência. E, mais importante ainda, não há narrador único, onisciente, confiável, com quem podemos contar para nos guiar por essa paisagem sombria. Os leitores veem a ação em Westeros através da perspectiva fragmentada e contraditória de seus habitantes. Assim como na vida real, nos aproximamos de alguns personagens de ponto de vista e pouco nos identificamos com outros. Amamos uns, odiamos outros e, pelo filtro dos nossos preconceitos emocionais, cognitivos e sociais, nem sempre julgamos corretamente, nem mesmo podemos dizer se eles não representam o bem ou o mal pelos padrões dos Sete Reinos.

E *há* padrões.

Para as observações e críticas que citam a falta de definições claras de bom e mau, eu respondo com uma pergunta: e quanto à ambiguidade moral?

Os caminhos do mundo

Apesar do que possa parecer, a sociedade de Westeros não se baseia no caos. Ainda que não haja um caminho claro para a salvação, os personagens estão sujeitos a uma dolorosa justiça retributiva, nascida da moral do absolutismo, o que confere veracidade e profundidade à sociedade medieval retratada na série.

Para entender a cosmologia vigente em Westeros, deve-se considerar a forma como a sociedade define pecado e maldade. Como não existe um olho distante e satânico sobre uma torre desovando turbas de lacaios violentos, o mal deve ter uma manifestação mais mundana, que surge da ameaça fundamental à existência nos Sete Reinos: o inverno interminável — *Inverno* — e as criaturas que ele traz. "O Inverno está chegando" torna-se uma declaração denotativa e conotativa dos valores e necessidades do âmago daquela sociedade. Em um sentido muito literal, o lema dos Stark lembra que o Inverno chegará a Westeros, como sempre aconteceu, e isso trará o terror e a morte que transcendem as típicas experiências humanas. As nuances mais sutis dessa frase implicam que, para a sociedade sobreviver, os residentes de Westeros devem manter as antigas tradições de trabalhar juntos, em paz, com produtividade e respeito. Caso contrário, todos perecerão quando escurecer, a neve cair e as criaturas mortas começarem a cruzar os campos, causando desordem e confusão.

Personagens que se envolvem em assassinatos, crueldade e sadismo, egoísmo ou narcisismo malignos, atos desonrados, desonestos e obsessões com frivolidades, como intrigas políticas, agem não somente contra os indivíduos, mas contra a própria sociedade. Aqueles que não conseguem entender que o Inverno está chegando — quem não reconhece que deve deixar de lado preocupações menores e qualquer má conduta que represente um empecilho na preservação do reino — representam o mal em Westeros. Pecam contra a unidade necessária para sobreviver à escuridão que está vindo, seja em um nível tal que se torna imperdoável, ou menos extenso, com uma recusa em compreender a gravidade de seus erros. Não há ambiguidade no destino dos personagens que não podem ou não querem escolher o caminho da redenção. Eles sofrem e morrem, em geral de um jeito que se aproxima da justiça irônica. Robb Stark, Catelyn Stark e Joffrey Baratheon são exemplos dos que encontraram tal fim.

Em Westeros, como no mundo real, ninguém é santo, e dificilmente há um adulto que não peque de vez em quando, em menor ou maior grau. Somente os muito jovens parecem ter a pretensão da completa inocência. Aqueles que violam a moral e as leis da terra, mas compreendem a profundidade de suas faltas e tentam expiá-las — aqueles que realmente parecem entender que o Inverno *está* chegando, e tudo o que essa previsão implica — servem como representantes do bem em Westeros. A estrada que esses indivíduos percorrem rumo à expiação pode ser perturbadora. Mas para eles também não há ambiguidade. Eles sofrerão. Perderão tudo e serão reduzidos a nada, e terão de encontrar forças para reconstruir sua identidade, ou morrerão pelo caminho e serão impiedosamente esquecidos. Davos Seaworth, Sansa Stark e Jaime Lannister parecem estar justamente nessa jornada exaustiva de redenção.

O caminho do inverno

Robb Stark, o jovem e recém-proclamado Rei do Norte, estabelece em Westeros uma medida de paz e unidade entre grupos diferentes quando promete se casar com a filha de Lorde Walder Frey. Mas, então, quebra essa promessa casando-se com a donzela que cuidou dele quando estava ferido, Jeyne Westerling. Suas razões para isso são honradas, já que ele está tentando proteger a reputação dela depois de ter tirado sua virgindade; contudo, elas se aplicam, principalmente, a necessidades individuais: seja a necessidade de Jeyne dessa proteção, ou a de Robb de evitar a culpa relacionada ao pecado da luxúria, e às consequências que isso traria ao futuro de Jeyne. Como cidadão de Westeros e, em especial, um homem que se apresenta como rei, ele fracassa em reconhecer a magnitude de seu pecado mais sério: a mancha de sua honra por ter rompido um compromisso não só com os Frey, mas com o povo de Westeros. Ao ceder aos seus desejos e trair os Frey para assegurar sua própria consciência, Robb destrói alianças e cria inimigos que prejudicam a cooperação nos preparativos para o Inverno iminente. Isso aumenta a probabilidade de que muitos de seus súditos — ou talvez a maioria deles — não sobreviva. Essa falta é talvez agravada pelo fato de que Robb é um Stark, e, como tal, ouviu e repetiu o lema da família durante toda a vida.

Robb demonstra certo nível de reconhecimento de seus erros e tem um plano para fazer as pazes com os Frey; porém, não entende a profundidade da ofensa acarretada por sua traição. Ele faz uma tentativa simplista de apaziguar a ira deles, assegurando um casamento entre uma das filhas de Frey e Edmure Tully, mas termina como convidado do Casamento Vermelho. Robb e seus homens são massacrados, e o cadáver dele é profanado com a cabeça de seu lobo gigante, Vento Cinzento, costurada em seus ombros. O simbolismo desse insulto final parece colocá-lo lado a lado com os animais, que não conseguem controlar a luxúria, nem mesmo quando há tanto em jogo.

Catelyn Stark tem muitas qualidades excelentes como ser humano, incluindo uma natureza amorosa, lealdade feroz e inteligência aguçada. No entanto, também é rancorosa, demonstra tendência em buscar vingança e age sob impulso. Quando se encontra em um desajuste emocional, ela ataca, sem pensar nas consequências de seus acessos de raiva. Não consegue ver além de sua necessidade de retaliação e nunca reconhece os próprios erros, seja para si mesma ou para qualquer outra pessoa.

A lista de erros de Catelyn começa no início de *A Guerra dos Tronos*. Apesar de seu grande coração, ela nunca consegue demonstrar a Jon Snow, o filho bastardo que está sob seus cuidados, qualquer forma de aceitação, e parece não ser capaz de perdoar o marido por trazer o menino para viver em Winterfell. Com frieza, ela tenta se vingar do menino por ele estar em sua vida, e acaba fazendo uma criança inocente pagar por sua infelicidade. Com a propensão tanto para a vingança quanto para a impetuosidade, as ações guiadas pela emoção se tornam mais óbvias quando ela erroneamente aprisiona Tyrion Lannister para vingar o ataque sofrido por seu filho, Brandon. Ao capturar um Lannister, ela coloca o marido em perigo e, por fim, toda a sua família — e o acontecimento se torna o catalisador da guerra. Apesar de viver entre os Stark e ter afeto por eles durante a maior parte de sua vida adulta, Catelyn desonra o propósito da família como Guardiões do Norte. Ela persegue sua própria satisfação emocional e comete um pecado grave em Westeros ao dividir a sociedade e prejudicar potencialmente as chances de os habitantes se prepararem para o inverno.

As penas de Catelyn por seus atos impulsivos e o fracasso em entender os próprios erros vêm em escalada: a execução de seu marido e a morte (real e suposta) de seus filhos. Essas perdas não despertam a compreensão de como suas escolhas precipitadas levaram ao desastre, e ela não embarca no caminho da redenção. Na verdade, antes de sua morte, comete uma atrocidade por conta de seus impulsos, usando o neto deficiente de Walder Frey, Guizo, como refém durante o Casamento Vermelho, e depois cortando sua garganta quando Robb Stark morre. Com isso, mancha ainda mais seu caráter e sua alma. Quando se ergue da morte depois de três dias no rio, retorna como a Senhora Coração de Pedra. Essa encarnação obcecada por vingança manifesta fisicamente a frieza que Catelyn teve para com Jon e a crueldade ao assassinar Guizo. A Senhora Coração de Pedra é dura, desprovida de emoção, obcecada apenas em revidar contra aqueles que percebe como inimigos. Na morte, Catelyn se torna pouco mais do que um reflexo impiedoso e marcado por cicatrizes de seu antigo ser. Há pouco lugar para ambiguidade no destino que ela enfrenta, já que seu corpo e sua mente estão voltados inteiramente à natureza sombria.

Contudo, se alguma vez um personagem literário mereceu punição em vez de redenção, seu nome seria Joffrey Baratheon.

Mimado e criado por pais emocionalmente ausentes, ele se diverte ao atormentar e torturar qualquer criatura que perceba estar abaixo de sua posição — o que engloba a maioria dos seres vivos de Westeros. Seria mais rápido listar os pontos positivos de Joffrey do que os negativos, já que eles são poucos. Na verdade, apenas a boa aparência dos Lannister e uma pitada de charme superficial vêm à mente. Ele é narcisista e incapaz de amar. Não é de surpreender que não se conscientize de suas próprias fraquezas e não faça nada além de semear a discórdia entre o povo que jurou proteger, primeiro como príncipe herdeiro, depois como rei.

No início de *A Guerra dos Tronos*, Joffrey contrata um assassino para completar o homicídio de Brandon Stark, ato que é atribuído a Tyrion Lannister. Isso aprofunda a inimizade crescente entre a Casa Stark e a Casa Lannister. Ele, então, ataca Arya Stark e o amigo dela, Mycah, o que resulta na execução tanto do garoto quanto da loba gigante de Sansa, Lady. A maldade de Joffrey só se multiplica e, em pouco tempo, ele faz o pai de Sansa ser decapitado enquanto ela assiste. Depois, a obriga a olhar para a cabeça empalada do pai e ainda a faz ser espancada pela Guarda Real por qualquer desobediência. Em *A Tormenta de Espadas*, Joffrey descarta Sansa e se casa com Margaery Tyrell para consolidar uma aliança, mas deixando claro que dormirá com Sansa no momento em que desejar e com a medida de crueldade que escolher. No auge de seu poder, quando acredita que está acima de qualquer um em sua corte e das leis de sua própria terra, Joffrey engasga até a morte, envenenado em sua festa de casamento. Seus pais biológicos mal lamentam seu destino, optando por copular diante de seu cadáver, quando se reencontram depois de uma separação.

Enquanto Joffrey Baratheon é um candidato óbvio para o final humilhante da justiça retributiva que ocorre em Westeros,

Robb e Catelyn Stark encararam punições definitivas similares por traírem sua honra e agirem de modo a dividir ainda mais uma sociedade já caótica e mutilada. Westeros deve se curar e cooperar para sobreviver à longa e mortal prova de neve, escuridão e caminhantes brancos. O Inverno está chegando, e esses três personagens fracassaram em honrar a realidade primordial, impedindo qualquer possibilidade de salvação.

O caminho do verão

Outros personagens de *As Crônicas de Gelo e Fogo* parecem ter mais potencial para desenvolver um *insight* e, assim, se redimir dos pecados passados. Davos Seaworth é talvez o exemplo mais simples de um personagem com autoavaliação realista. Nascido na imundície e alçado ao posto de contrabandista, se torna o mais habilidoso e reverenciado salteador dos Sete Reinos. Durante a grande rebelião que precede *A Guerra dos Tronos*, ele ultrapassa bloqueios com seu navio pirata, salvando sozinho da morte por inanição Stannis Baratheon e os cavaleiros de Ponta Tempestade, o que lhe rende o apelido de Cavaleiro das Cebolas. Stannis o honra por seus feitos com terras e um título — mas também proclama a sentença pelos crimes passados de Seaworth, cortando a primeira articulação de todos os dedos da sua mão esquerda.

Como um verdadeiro homem de sua época, Seaworth reconhece suas tolices anteriores e declara que a punição é justa. Pede apenas que o próprio Stannis execute a sentença. Apesar de dura, a sentença o deixa vivo e capaz de continuar sua jornada heroica. Em seu trabalho atual para Stannis, ele tenta trazer unidade e cooperação, essenciais para a sobrevivência de cada habitante dos Sete Reinos. Será interessante ver que papel ele pode desempenhar na destruição dos males do Inverno, quando eles finalmente alcançarem a totalidade de Westeros.

Sansa Stark — ah, que jovem complicada e, inicialmente, iludida! Em *A Guerra dos Tronos*, os leitores encontram uma garota imatura, egoísta e facilmente influenciada por fantasias de riqueza e amor ideal. Ela tem dificuldade em separar a fantasia da realidade, e sua lealdade para com aqueles a quem ama jamais é absoluta, mas flutua ao sabor das personalidades ao redor dela. Seus sonhos parecem se tornar realidade quando, prometida ao herdeiro do trono, Joffrey Baratheon, segue para Porto Real com o pai e a irmã para começar a empolgante vida de futura rainha. É claro que não demora muito até que sua fantasia se desfaça. Ela vê a crueldade de Joffrey no ataque à sua irmã e ao amigo dela e, mesmo assim, não consegue se colocar contra ele. Esse fracasso resulta na execução de sua loba gigante, Lady.

Para a infelicidade da família Stark, Sansa aprende devagar. Apesar das claras evidências do sadismo de Joffrey e da traição de Cersei, quando Ned Stark tenta enviá-la de volta para Winterfell, ela comete um erro imperdoável em Westeros. Concentra-se em seus desejos pessoais, em vez de privilegiar o bem-estar de sua família ou do povo ao qual imagina que um dia servirá como rainha. Vai até Cersei e revela os planos de Ned, causando a prisão de seu pai e os acontecimentos que desencadearão a guerra civil nos Sete Reinos. As consequências de sua escolha egoísta são duras: Sansa é forçada a testemunhar a decapitação de seu pai e, pior, torna-se prisioneira de Joffrey e alvo de chicotadas. Ela prossegue com a traição à Casa Stark e ao lema da família, mas agora apenas na forma, porque enxerga a maldade de Cersei e de Joffrey.

Em *A Fúria dos Reis*, Sansa começa a mostrar maturidade durante a Batalha da Água Negra, quando conforta outra mulher presa com ela no Grande Septo de Baelor e semeia unidade, consolo e força, em vez de discórdia — muito mais do que a rainha Cersei consegue fazer. Na conclusão da batalha, mostra ainda mais amadurecimento quando abandona suas percepções e preocupações egoístas e ora por Sandor Clegane, o Cão de Caça, pedindo: "Salve-o se puder, e suavize a raiva que tem dentro de si".

Com sua coragem crescente, ela tem um ato de bravura máxima em *A Tormenta de Espadas*. Apesar do risco extremo, em um encontro privado com a matrona dos Tyrell, Sansa conta a verdade sobre o caráter de Joffrey, chamando-o de monstro. Ao fazer isso, tenta salvar Margaery Tyrell do sadismo do rei e, indiretamente, livrar o reino da desunião que será fomentado quando Joffrey voltar sua crueldade contra a mulher. A morte dele por envenenamento e o casamento de Sansa (ainda que forçado) com Tyrion Lannister, a única pessoa na Fortaleza Vermelha que pode protegê-la, parecem ser melhorias razoavelmente imediatas em sua situação, na sequência de sua atitude correta e altruísta. Ela, então, foge dos Lannister, mas infelizmente segue para o Ninho da Águia sob a tutela de Petyr "Mindinho" Baelish e, no início, à mercê de sua tia louca, Lysa Tully Arryn. Em *O Festim dos Corvos* pouco se fala de Sansa, mas é claro que ela está assumindo os deveres de Senhora do Ninho da Águia e aprendendo muito sobre o tipo de intriga política que Baelish aprecia. Seu destino no caminho da redenção está longe de ser claro, mas ao menos ela tem potencial para seguir em frente, se puder se manter fundamentada na realidade e lembrar, como outros devem fazer, que o Inverno está chegando.

Dono de "os cabelos tão brilhantes quanto ouro batido", mas também de "um sorriso que cortava como uma faca", Jaime Lannister é conhecido alternadamente como "O Leão dos Lannister" e "Regicida". Rico, poderoso e narcisista, é famoso por suas habilidades com a espada, e infame por trair o juramento mais sagrado que já fez. Ele comete incesto com sua irmã gêmea, Cersei, e não se importa em passar seus três filhos bastardos por herdeiros legítimos do trono de Westeros.

Os leitores de *As Crônicas de Gelo e Fogo* veem primeiro seus elementos mais básicos: arrogância, desonestidade, desrespeito pelos costumes sociais e pela decência e uma vontade implacável de fazer qualquer coisa para proteger o que valoriza. Depois de quase matar o jovem Brandon Stark para proteger o segredo de seu relacionamento com Cersei, Jaime lidera os guardas de Lannister em um ataque a Ned Stark nas ruas de Porto Real. Depois, aprisiona o irmão de Catelyn, Edmure, e comanda o cerco à casa dos Tully, Correrrio. Até então, a maioria dos leitores o considera completamente mau, totalmente desagradável e indigno de salvação. Na cosmologia implacável de Westeros, ele promove uma terrível desunião e ajuda a prejudicar os Sete Reinos no que deveriam ser os preparativos para o Inverno. Apesar desses pecados graves e, até mesmo, imperdoáveis, Jaime Lannister, aparentemente como todos os personagens em Westeros, tem oportunidades de salvação, se optar por expiar seus erros, suportando a dor necessária para salvar sua alma.

Na verdade, as raízes de seu sofrimento estão nos primórdios do relacionamento sexual com sua irmã gêmea. O incesto viola todos os limites morais em nosso mundo, mas, em Westeros, isso não carrega o mesmo estigma, em função das práticas históricas de famílias reais, tais como os Targaryen, que rotineiramente casavam irmã e irmão para preservar o que acreditavam ser seu sangue mágico. Os Lannister — na melhor das hipóteses — continuam essa tradição narcisista, vendo a si mesmos como superiores a todos os outros cidadãos. Embora chocante para a sensibilidade de alguns leitores, o incesto, em si, provavelmente não constitui um pecado grave na cosmologia de Westeros; já a discórdia promovida pela desonestidade de Jaime e a violência na proteção de sua relação incestuosa são transgressões sérias.

O amor de Jaime por Cersei parece ser genuíno; ele nunca é infiel a ela. Mesmo assim, isso começa a lhe causar sofrimento quando aceita o seu conselho e se torna o membro mais jovem da Guarda Real, pelo menos em parte, para permanecer próximo a ela e se libertar das obrigações com outras mulheres. Jaime se sente profundamente honrado pela nomeação, mas logo percebe que tal honra é vazia, porque sua indicação é apenas uma manobra de Aerys Targaryen para atacar seu pai. Tywin Lannister reage à nomeação retornando a Rochedo Casterly e levando Cersei com ele. Jaime mantém sua gloriosa posição pública aos olhos do povo de Westeros. Particularmente, está solitário, sem seu amor e ciente de que está sendo usado como uma peça no jogo. Sua perda e humilhação são os primeiros dos muitos golpes que o seu orgulho, que antes era forte, recebe. Seu exterior dourado e brilhante esconde uma mancha oculta, e seu sarcasmo serve como uma fina cobertura ao ódio que sente de si mesmo.

A dúvida e a confusão de Jaime crescem enquanto a loucura e a crueldade do rei se manifestam a cada dia em sua vida, um trauma tão severo que ele aprende a dissociá-lo — uma habilidade que mais tarde ensina para seu filho, Tommen, dizendo: "O mundo está cheio de horrores, Tommen. Pode lutar contra eles, ou rir deles, ou olhar sem ver... Fugindo para dentro de si mesmo" (*O Festim dos Corvos*). Aqui, novamente, enquanto Jaime mantém o poder exterior, parece compreender a extensão de sua própria impotência, forçado-se a aceitar o papel amargo de peão da corte e tolo vestido de branco.

Pouco antes da abertura de *A Guerra dos Tronos*, Jaime deve escolher se mantém seu voto sagrado de proteger um governante depravado e insano, o que permitiria o massacre de seu pai, de seus homens e da maior parte dos moradores de Porto Real. Ele resolve matar o rei sob sua proteção. De acordo com o princípio moral subjacente em Westeros — que a unidade e o bem da sociedade devem vir antes da sobrevivência de qualquer um no reino —, esse assassinato é justo. Jaime parece sentir isso, mesmo que sua fraqueza moral o torne incapaz de compreender. Depois, senta-se no Trono de Ferro — mas não faz nenhuma menção de reivindicá-lo para si. Sem lutar, entrega-o para Ned Stark e Robert Baratheon, criando unidade e vislumbrando o bem do todo, mesmo que provavelmente não capte a importância de sua escolha.

No final de *A Guerra dos Tronos*, a confusão de Jaime Lannister em Correrrio toma um rumo desfavorável com sua prisão pela vingativa Catelyn Stark. O destino dá outro golpe no ego de Jaime quando ele, após a dispensa de seu antecessor, se torna Senhor Comandante da Guarda Real — embora ainda esteja preso em Correrrio e não possa assumir o posto com o qual sonhou a maior parte de sua infância. A situação torna a nomeação uma piada cruel, minando seu respeito por si mesmo, ao sublinhar tanto seu desamparo quanto sua inutilidade.

Assim, no início de *A Fúria dos Reis*, Jaime perdeu sua liberdade, a maior parte de seu poder político e os restos de seu orgulho e respeito próprio. Durante o curso da história, também perde sua renomada boa aparência. Quando emerge do calabouço de Correrrio, é uma magra sombra de si mesmo, e precisa raspar o cabelo dourado para evitar ser reconhecido na jornada que se compromete a fazer para salvar Sansa Stark. Também perde Cersei, que se deita com outros amantes sem pensar no quanto isso fere seus sentimentos. Esses são custos elevados para um homem como Jaime Lannister, mas ele tem mais ainda a pagar. Entra em cena Brienne de Tarth, uma cavaleira que se torna a torturadora pessoal de Jaime ao lhe mostrar a todo instante como um guerreiro honesto e honrado deveria se comportar. Ela é o "baluarte da moral" de Jaime, uma encarnação viva do nobre cavaleiro que ele deveria ter sido, e que pode se tornar se escolher um caminho honrado.

Jaime mais uma vez perde sua liberdade quando ele e Brienne são feitos prisioneiros por Vargo Hoat e seus Bravos Companheiros. A exemplo do Rei Louco, Hoat o usa como um bobo da corte, e corta a mão da espada do Regicida na esperança de que seu superior, Roose Bolton, leve a culpa, pois suspeita que ele tencionava aliar-se aos Lannister. Jaime é forçado a usar a mão podre pendurada ao redor do pescoço. Tudo o que Jaime Lannister fora no passado — bonito, poderoso, forte, habilidoso com a lâmina —, agora foi destruído. Ele entra em um período sombrio de desespero e autoaversão.

O resgate chega para Jaime, e, livre, ele logo começa a perceber que aspectos fundamentais de seu caráter e prioridades mudaram. Decide se arriscar e voltar ao possível cativeiro, a fim de resgatar Brienne da desonra e da morte. Salva a vida dela novamente quando chegam a Porto Real, e lhe dá a espada Cumpridora de Promessas, com a responsabilidade de proteger Sansa Stark, o que ela jura fazer. Embora tente, por um breve momento, reatar seu relacionamento com Cersei, rapidamente vê que ela não corresponde ao seu amor, e continua egoísta e traiçoeira. Jaime faz, então, o que antes seria impensável — levanta-se contra seu pai e se recusa a deixar a Guarda Real. Em vez disso, em um sinal de renúncia ao orgulho, veste o branco novamente, mas agora em definitivo.

No fim de *A Tormenta de Espadas*, é claro que as ações de Jaime não estão mais focadas em si mesmo e em seus ganhos pessoais. Essa transição se completa em *O Festim dos Corvos*, quando ele encontra forças para abandonar sua manipuladora irmã Cersei à própria sorte, depois que ela entra em conflito com uma seita de fanáticos religiosos. Ele passa a maior parte desse livro e de *A Dança dos Dragões* pondo fim a batalhas por toda Westeros, criando unidade — o ato definitivo do bem em uma sociedade prestes a encarar perigos que apenas a cooperação pode derrotar. Vemos Jaime aceitar a humilhação da perda de sua mão da espada e começar a treinar para ser um lutador competente, ainda que não mais brilhante. Ele não é mais o Regicida *ou* o Leão dos Lannister. É Jaime e, por enquanto, nada mais.

Assim, Davos Seaworth, Sansa Stark e Jaime Lannister parecem estar em uma trajetória similar. Se suas jornadas os levarão a uma eventual salvação ou à destruição completa pelos fracassos e pecados que não podem ou não querem superar, ainda precisará ser analisado; no entanto, é claro que, em Westeros, os personagens podem encontrar seu caminho para o bem se estiverem dispostos a pagar um preço brutal por isso.

Estações imutáveis

Ao contrário dos mundos quase alegóricos de J. R. R. Tolkien e seus contemporâneos, repletos de representações inequívocas de bem e mal, Westeros define esses conceitos com mais sutileza e realismo. Isso é embasado no fato de que o Inverno está vindo e, com ele, uma série de horrores que tornam a sobrevivência da sociedade dependente da cooperação de seus habitantes e de ações em benefício coletivo, em vez da perseguição de objetivos individuais. Como tal, o que é "bom" em Westeros apoia a unidade, e o que é "mau" semeia a discórdia e perturba as chances de sobrevivência. Honestidade, humildade, honra e outras características que permitem às pessoas trabalhar em conjunto, sem conflitos ou divisões, têm valor nessa sociedade.

Classificar questões de moralidade em *As Crônicas de Gelo e Fogo* não é tarefa simples, especialmente porque os leitores veem os Sete Reinos pela percepção falha de seus habitantes, a maioria dos quais é jovem demais para se lembrar de um Inverno, e ainda filtra essas percepções por seus próprios preconceitos. Isso não significa que o mundo seja amoral, ou que os personagens não se envolvam em lutas fundamentais para fazer escolhas corretas e éticas. Por meio da destruição de alguns personagens e da redenção de outros, vemos em ação no mundo de Martin uma cosmologia que é tudo, menos relativista ou niilista.

Susan Vaught vive com a família e seus muitos animais de estimação (incluindo um papagaio muito mandão) em uma pequena granja no oeste de Kentucky. Trabalha como Diretora de Serviços Psicológicos em um hospital psiquiátrico do estado, e passa as noites e finais de semana rabiscando e digitando furiosamente a vida em romances, contos e poemas. Já escreveu várias fantasias para jovens adultos, incluindo o premiado e histórico *Stormwitch*, e os livros épicos da série *Oathbreaker*: *Assassin's Apprentice* e *A Prince Among Killers*, em coautoria com seu filho, J.B. Redmond. Também é autora de *Trigger*, *Big Fat Manifesto*, *Exposed* e *Going Underground*, todos romances contemporâneos produzidos a partir de suas experiências e de seu trabalho como neuropsicóloga. Seu último lançamento é *Freak Like Us*.

Sobre Lobos Gigantes e Deuses

Andrew Zimmerman Jones

Evidências da neurologia sugerem que nosso cérebro é feito para acreditar nas coisas mesmo sem qualquer prova. A explicação vigente é que, em nome da sobrevivência, é melhor acreditar que um som ou um lampejo têm significado do que ignorá-los. Em um mundo no qual um leão faminto (e não me refiro aos leões Lannister) pode estar de emboscada atrás de qualquer arbusto, essa tendência a adivinhar significados oferece uma certa vantagem para quem deseja ver o próximo nascer do sol.

Infelizmente, os mesmos padrões neurais entram em ação inclusive onde não há um leão, um Lannister ou mesmo um som para dispará-los. Nosso cérebro naturalmente presume que certos padrões têm algum significado, ainda que não haja provas disso. A busca inerente por sentido é a base psicológica e neurológica para muitas das superstições humanas.

Sempre gostei de encontrar analogias na literatura fantástica. Por meio dela, fujo para mundos que aceitam essas intuições sobre como as coisas deveriam ser. Esses universos imaginários frequentemente contêm um sentido maior, expresso por forças tangíveis e poderosas de bem e mal. Desejos podem se tornar realidade. A magia funciona. Os deuses se manifestam em suas maravilhas no mundo, para que todos possam ver.

Os primeiros capítulos de *A Guerra dos Tronos* parecem o convite para um reino desse tipo. Verifica-se, no entanto, que o povo dos Sete Reinos não habita em absoluto esse universo da fantasia. Assim como nós, eles não têm acesso direto às divindades. O mundo deles não é o de Zeus, tampouco o reino das divindades que concedem poder aos humanos, como em *Dungeons & Dragons*. A magia existe em Westeros, mas é rara e, em geral, efêmera, uma memória distante do passado. Com poucas exceções extravagantes, os deuses não imbuem seus sacerdotes e seguidores de poderes sobrenaturais. Westeros é repleta de religiões e deuses exóticos, mas os que neles acreditam precisam ter muita fé — a qual, muitas vezes, pode ser ingrata. O bom e o mau podem adorar os mesmos deuses, mas independentemente de qualquer coisa, só há uma certeza: uma hora a tragédia cairá sobre você, e os deuses nada farão para evitá-la, mesmo que ela atinja uma alma nobre.

De fato, a religião retratada em *As Crônicas de Gelo e Fogo* é um reflexo do que ocorre em nosso mundo. Requer um voto de confiança, porque os efeitos da crença são intangíveis. As religiões em Westeros ditam verdades supostamente absolutas e perfeitas por meio de seres e instituições imprecisos e falhos — assim como aquelas com as quais nos deparamos no dia a dia.

O presságio do lobo gigante

A natureza caprichosa dos supostos deuses de Westeros pode ser percebida logo no início da série, na cena que provavelmente conquistou boa parte dos leitores — ou, pelo menos, a cena que me conquistou.

O prólogo de *A Guerra dos Tronos* estava indo bem. Patrulheiros vasculhando as terras congeladas do Norte são abordados por criaturas curiosas, presumivelmente uma espécie de mortos-vivos. Coisa assustadora. Interessante o suficiente para mantê-lo atento, mas não tão cativante a ponto de se diferenciar de centenas de séries de fantasia.

Então vieram os lobos gigantes.

No primeiro capítulo em que aparece a família Stark, uma loba gigante é encontrada morta, fazendo Jory, que mal suspeita de sua morte iminente, proclamar: "é um sinal". Jon Snow é mais explícito, no entanto, quando diz ao pai: "O senhor tem cinco filhos legítimos [...]. Três filhos e duas filhas. O lobo gigante é o selo da vossa Casa. Os vossos filhos estão destinados a ficar com essa ninhada, senhor".

A questão do destino paira sobre a cena. Forças poderosas parecem ligar os jovens Stark àqueles animais. Nesse ponto da história, com ainda pouco conhecimento do cenário, o leitor é levado a acreditar que essa conexão tem um significado sobrenatural, crença que se intensifica quando Jon descobre o filhote albino, e declara: "Este me pertence". Os lobos gigantes não só correspondem aos filhos legítimos de Ned Stark, como também há um animal diferente para o filho bastardo. Nossa mente é acostumada a encontrar significados em padrões, que praticamente imploram para ser mais do que mera coincidência.

Catelyn vê algo muito mais terrível nesse acontecimento do que a simples chegada de animais de estimação à sua casa: "[...] um lobo gigante morto na neve, com um chifre partido na garganta. O terror retorcia-se em seu interior como uma serpente, mas forçou-se a sorrir para aquele homem que amava, aquele homem que não punha fé alguma nos sinais". Ela vê os animais como um sinal das coisas sombrias que estão por vir, o que é atestado pelo destino final de Ned Stark sob ordens de Joffrey (o "chifre" partido da Casa Baratheon).

E quanto aos filhotes de lobo gigante? Admito que, como leitor, dei muita importância ao significado maior dos lobos e à afirmação de Jon de que "vossos filhos estão destinados a ficar com essa ninhada". Criei expectativas de que os lobos gigantes desempenhariam um papel crucial nos eventos que ainda iriam se desenrolar. Afinal, uma origem tão curiosa certamente significava que eles se destinavam a grandes coisas. Nesse sentido, achei que os lobos gigantes foram uma grande decepção.

O de Bran, Verão, prova seu valor logo no início, quando salva Lady Catelyn e protege Bran de uma tentativa de assassinato. Certamente, Fantasma se mostra uma companhia útil para Jon Snow quando ele se junta à Patrulha da Noite. E a ascensão de Robb Stark como Rei do Norte baseia-se, em grande parte, em seu status lendário de "Jovem Lobo", acompanhado de Vento Cinzento.

Já na conclusão do primeiro livro, no entanto, os lobos gigantes se tornam, na melhor das hipóteses, figurantes nas cenas com os filhos de Stark, em vez de componentes significativos da história em si. Dois são perdidos — um morto e outro expulso — antes mesmo que os Stark cheguem a Porto Real. E agora, com cinco livros na série, a expectativa de que algo aconteça com os lobos parece ainda mais distante. O destino de Vento Cinzento se igualou ao de Robb, os dois assassinados sob uma bandeira de trégua e depois costurados juntos, em uma paródia infeliz de sua ligação quando vivos. Arya está separada de Nymeria há anos e, mesmo assim, mantém traços de uma vaga ligação psicológica. As conexões de Bran e Jon com seus lobos, embora diferentes e mais fortes, ainda não tiveram grande impacto no enredo principal. Fantasma desaparece por quase metade de *A Tormenta de Espadas* e Jon nem parece incomodado com isso, ainda que esteja chegando à conclusão de que seu lobo trata-se de um warg. Com exceção do lobo de Bran, os outros são altamente dispensáveis.

O mais curioso sobre os lobos gigantes dos Stark é que eles são apresentados como a representação de uma profecia divina, de um sinal profético. A cena da descoberta, no início de *A Guerra dos Tronos*, parece sugerir que são destinados a proteger as crianças. Quando Verão defende Bran e Catelyn, poderes divinos parecem intervir para proteger a família Stark, mas logo essa proteção se torna inconsistente na história.

Os deuses de Westeros são tão decepcionantes quanto os lobos gigantes. Estejam presentes, ausentes ou definitivamente mortos, nunca atendem às expectativas de seus adoradores. Na verdade, é surpreendente que tenham algum seguidor.

Os deuses de Westeros

A situação se torna confusa porque Westeros é lar de muitos deuses, sobre os quais vamos fazer um rápido inventário:

- *Antigos Deuses*. Os nortenhos adoram antigos deuses em pedras, na terra e nas árvores, como eram venerados pelos Filhos da Floresta nos tempos antigos. Não parece haver nenhum sacerdócio formal, e seus lugares de culto são represeiros especiais com rostos entalhados. Os Primeiros Homens continuaram essa tradição plantando um único represeiro, chamado árvore-coração, em bosques sagrados de cada casa nobre de Westeros.
- *Os Sete*. A invasão ândala, que ocorreu cerca de seis mil anos antes dos acontecimentos dos livros, trouxe a religião da Fé dos

Sete. As sete divindades são reflexos umas das outras, similar ao conceito de trindade do cristianismo, embora também contenham elementos análogos ao paganismo. São elas: o Pai, a Mãe, o Guerreiro, a Donzela, o Ferreiro, a Velha e o Estranho.

- *O Deus Afogado*. Os Nascidos do Ferro das Ilhas de Ferro veneram uma divindade brutal chamada Deus Afogado. A crença contempla todas as tradições, especialmente as da cultura pirata, porque os leva a tratar a conquista, o estupro e a pilhagem como atos divinos.
- *R'hllor, Senhor da Luz*. R'hllor é um deus estrangeiro que aos poucos se torna mais dominante em Westeros, principalmente pela conversão imposta por Stannis Baratheon. Entre todos os deuses, seu nome é o mais invocado sobre os feitos mais sobrenaturais.
- *O Deus de Muitas Faces*. Apesar de não ser baseada em Westeros, esta é uma religião amalgamada que vê os deuses da morte em todas as crenças como representantes de um único ser. Seus seguidores formam um culto, os Homens sem Rosto, que prega o assassinato como prática religiosa. Eles têm o poder concedido de alterar sua aparência. O Estranho dos Sete é considerado uma das faces do Deus de Muitas Faces.
- *O Grande Outro*. Sacerdotes de R'hllor indicam que há outro deus sombrio "cujo nome não deve ser pronunciado". Ele é a antítese de R'hllor e representa a escuridão, o frio e a morte.

Há outros deuses mencionados ao longo da série, em geral em referência aos que são venerados nas Cidades Livres e em Valíria, mas eles têm menor relação com os acontecimentos centrais dos livros do que os aqui listados.

Nem todas as fantasias épicas avançam tanto em incorporar estruturas religiosas claras e diversas em seus mundos. Leia Tolkien, por exemplo, e você dificilmente encontrará menção a um sacerdócio ou doutrina específica, apesar da grande evidência de temas religiosos e manifestações explícitas de forças, tanto boas quanto más. O que há existe de mais próximo de uma divindade na Terra-média é Tom Bombadil — francamente, ele parece não se importar com qualquer tipo de adoração que lhe for dirigida.

Mesmo em séries que contêm tradições religiosas e ordens específicas — como os livros da série *A Roda do Tempo*, de Robert Jordan —, elas em geral se alinham de maneira clara com as forças positivas e negativas no coração do universo. Tais forças podem ser definidas como bem e mal, lei e caos ou algum outro espectro, mas as religiões normalmente ocupam lugares específicos dentro da cosmologia ética.

Já em Westeros, o limiar entre o bem e o mal não é bem definido. Ou, melhor, há uma linha muito clara, mas ela é física, não religiosa: a Muralha separa os sombrios e gélidos Outros do reino dos homens. Apesar da presença do Povo Livre ao norte da Muralha, a cosmologia parece definir esse domínio como pertencente às forças malignas do mundo. No entanto, uma força equivalente do bem, que atue ao sul, é muito menos clara.

A ameaça metafísica da série, desde a primeira página, tem sido os Outros, ao norte, mas ela permanece ausente na maior parte dos enredos principais da série. Os leitores e Jon Snow conhecem o perigo, mas a ameaça progride muito lentamente se comparada ao turbilhão de atividades em Porto Real, ou mesmo em Valíria. Grande parte dos personagens não acredita na existência dos Outros, e aqueles que acreditam divergem sobre o que eles realmente são.

Não há ambiguidade sobre a natureza dos Outros entre os sacerdotes de R'hllor, no entanto. Para eles, os Outros servem ao inimigo desse deus, o Grande Outro, reflexo da divisão cristã entre Deus e Satanás. O sacerdote Moqorro explicitamente diz para os Nascidos do Ferro: "Seu Deus Afogado é um demônio

[...]. Ele não é mais do que um servo do Outro, o deus sombrio cujo nome não deve ser dito" (*A Dança dos Dragões*). Para os seguidores do Senhor da Luz, todas as crenças além da fé em R'hllor representam o Grande Outro.

Já as outras crenças parecem, ao menos, deixar espaço para alguma forma de politeísmo. Isso é expresso no caso dos Homens sem Rosto, mas para outras religiões é um pouco menos claro. Por exemplo, os adoradores do Deus Afogado não duvidam da existência dos Sete, mas apenas que seu próprio deus é superior a eles.

Ainda que algumas religiões de Westeros sejam mais complacentes do que outras, temos indícios de que todas podem conter elementos de verdade. Os personagens se apegam ou não aos deuses baseados em seus próprios temperamentos, e não porque acreditam que uma religião seja mais poderosa ou válida que outras.

Ouvindo as vozes dos deuses

Um dos principais ensinamentos na maioria das religiões é que a divindade, ou as divindades, comunicam seus desejos por meio de sinais. A profecia, mesmo que apenas como uma forte intuição ou de orientação espiritual interior, parece quase uma exigência da religião. Do ponto de vista prático, uma crença que dissesse que suas divindades não têm nenhum canal de comunicação com os humanos teria sérios problemas para angariar fiéis.

A vontade dos deuses é difícil de ser interpretada em Westeros. Além do presságio dos lobos gigantes, as profecias nesse universo não são conhecidas pela precisão. Talvez Ned Stark esteja errado em "não colocar fé nos sinais", mas a série como um todo indica que as profecias não são apostas estatisticamente seguras.

Mas isso não é um deslize do autor, porque a história aborda de modo específico a incapacidade profética.

A Fúria dos Reis começa com um ameaçador asteroide vermelho atravessando os céus, o qual vários indivíduos interpretam como um presságio de coisas muito distintas. E nenhuma das interpretações foi confirmada pelos acontecimentos subsequentes.

É possível imaginar que Melisandre fique conturbada pela discrepância entre as vitórias que prevê nas chamas e aquelas que (não) acontecem na vida real. Quando finalmente deixa de lado sua autoconfiança, justifica o fracasso do mundo em confirmar suas profecias colocando a culpa não no perfeito e infalível Senhor da Luz, mas em si mesma. "A visão era verdadeira. Minha leitura foi equivocada. Sou tão imortal quanto você, Jon Snow. Todos os mortais erram" (*A Dança dos Dragões*).

Há, contudo, pontos de vista mais cínicos, que apontam o dedo da culpa para a profecia em vez de acusar o profeta. Tyrion Lannister diz: "Uma profecia é como uma mula semitreinada. [...] Parece que será útil, mas no momento em que você confia nela, ela o chuta na cabeça" (*A Dança dos Dragões*). Mas é o Arquimeistre Marwyn quem ganha o prêmio por colocar a profecia sob suspeita, por meio de uma analogia bastante gráfica:

> Gorghan de Velha Ghis escreveu um dia que uma profecia é como uma mulher traiçoeira. Mete seu membro na boca, você geme de prazer e pensa, "que maravilha, que agradável, que bom isto é"... E então os dentes dela se fecham e seus gemidos se transformam em gritos. É essa a natureza da profecia, Gorghan disse. A profecia sempre arranca seu pau a dentada. (*O Festim dos Corvos*)

É importante notar que mesmo as observações cínicas não rejeitam a premissa de que a profecia possa oferecer um vislumbre do que está por vir; no lugar disso, a dúvida recai sobre nossa própria habilidade de utilizar a profecia de modo prático. Novamente, os lobos gigantes servem como exemplo: em grande parte, Catelyn incita Ned a aceitar a posição como Mão do Rei devido ao presságio, porque teme que a rejeição possa ferir o orgulho de Robert. O pênis não é a única parte do corpo perdida por conta de uma profecia.

Escolhendo sua religião

Assim como acontece em nosso mundo, a escolha da religião em Westeros parece ser mais uma questão de tradição familiar ou regional do que de opção pessoal. As crenças de Catelyn e Ned Stark demonstram uma situação na qual cada um permanece fiel aos deuses de seus ancestrais. Apesar do fato de terem uma septã a cargo da educação e do cuidado de suas filhas, espera-se que os meninos abracem a fé de seu pai. Essa não é uma tradição apenas dos Stark, no entanto. Samwell descreve uma rede bastante comum de crença quando identifica a linhagem religiosa da Casa Tarly: "Recebi o nome à luz do Sete no septo de Monte Chifre, tal como meu pai, e o pai dele, e todos os Tarly ao longo de mil anos" (*A Guerra dos Tronos*).

Apesar disso, existe liberdade religiosa, porque Samwell escolhe fazer os votos da Patrulha da Noite no represeiro, ao lado de seu novo irmão, Jon Snow; conforme ele mesmo diz, "Os Sete nunca responderam às minhas preces. Talvez os deuses antigos o façam" (*A Guerra dos Tronos*).

As Crônicas de Gelo e Fogo começam apresentando uma Westeros pluralista e religiosamente tolerante, mas essa tolerância diminui conforme a série progride. Stannis Baratheon torna-se um devoto radical de R'hllor, forçando conversões religiosas como parte dos votos de fidelidade e conquista, e Cersei reinstala as ordens militares da Fé nos Sete, os Filhos do Guerreiro e os Pobres Companheiros, que no fim conseguem poder suficiente para colocá-la sob sua autoridade. O retorno da tendência ao militarismo teocrático em Westeros, que fora erradicado séculos antes, não representa um bom prognóstico.

Ainda que as pessoas conseguissem fugir desse tipo de obrigação, dificilmente um recém-chegado a Westeros encontraria uma razão que o convencesse a seguir determinada religião, a não ser por vantagens sociais. Catelyn Stark, devota dos Sete, tem "mais fé nos conhecimentos de um meistre que nas orações de um septão" (*A Guerra dos Tronos*), quando o assunto é cuidado médico. Até mesmo Asha — uma legítima Nascida do Ferro — lamenta: "O Deus Afogado não respondeu. Ele raramente respondia. Esse era o problema dos deuses" (*A Dança dos Dragões*). Ao que tudo indica, os deuses podem ser venerados, mas dificilmente proverão auxílio quando ele se mostrar mais necessário.

A única exceção pode ser R'hllor, que executa os milagres mais evidentes em seu nome. No entanto, a natureza desses milagres coloca em questão se ele é realmente o nobre Senhor da Luz que seus seguidores proclamam. Quem deseja venerar um deus que dá à luz criaturas de sombra assassinas? Se você pretende dedicar sua fé a uma divindade moral, R'hllor pode não ser sua primeira opção.

A voz mais forte em favor do papel de R'hllor como divindade suprema e exclusivamente boa é a de Melisandre, mas sua credibilidade é duvidosa, em grande parte porque em sua primeira cena ela é vista assassinando um meistre ancião. Esse ato pode ser visto como legítima defesa, embora sua expressão satisfeita seja um fator desfavorável. Além disso, sabemos que ela confessou ter matado pelo menos três homens e defendeu o ritual de sacrifício de crianças.

Quando Sor Davos diz: "Parece-me que a maioria dos homens é cinza", Melisandre replica: "Se metade de uma cebola estiver preta de podridão, é uma cebola podre. Um homem ou é bom ou é mau" (*A Fúria dos Reis*). Essa filosofia não soa bem nem para a sacerdotisa nem para R'hllor, já que existe alguma podridão em ambos.

Na realidade, a série inteira coloca o absolutismo moral de Melisandre em dúvida, assim como vemos muitos personagens que à primeira vista parecem perversos e cruéis, para, mais tarde, terem revelados aspectos nobres de sua natureza — e vice-versa. Parte do apelo dos livros é que os personagens são complexos e multifacetados, com falhas e virtudes em constante conflito. Mesmo a insensível Cersei Lannister tem sua infância retratada como a de uma criança assustada que perdeu a chance de cumprir um grande destino, e também é vista como uma mãe ferozmente protetora, duas características que geram certa empatia — apenas o suficiente para impedir que o leitor torça por sua degradação.

Em um mundo no qual cada pessoa é, de fato, cinza, onde bem e mal coabitam em cada nobre, cavaleiro e camponês, por que seria diferente entre os deuses? Na verdade, faz todo o sentido que seja difícil separar o bem do mal. Mas, que opção resta para a pessoa que busca um deus para venerar?

Rejeitando os deuses

Tyrion escolhe seu caminho. "Se pudesse orar com o meu pau, seria muito mais religioso" (*A Fúria dos Reis*), ele afirma, mas, mais do que isso, para ele deuses não têm uma utilidade específica. Seu irmão Jaime seguiu praticamente o mesmo percurso, e, se houve um tempo em que ele abraçou o culto aos deuses, isso já passou há muito. Quando seu refém, Hoster Blackwood, declara bastante inseguro que "Os deuses são bons", o pensamento imediato de Jaime é "Continue acreditando nisso" (*A Dança dos Dragões*).

Estritamente falando, esses personagens não rejeitaram a existência dos deuses. Não são necessariamente ateus, mas residem em algum lugar no espectro agnóstico. As pessoas religiosas que encontram lhes parecem estranhas, determinadas no desejo de adotar divindades que, se existem, parecem no mínimo caprichosas e, na pior das hipóteses, maléficas.

Entre os irmãos Lannister, curiosamente Cersei é a que tem mais fé nos poderes divinos. Ela acredita ser predestinada pelos deuses para se tornar rainha dos Sete Reinos, mas isso não a impede de cometer incesto em um septo (e, ainda por cima, diante do cadáver do filho), ou de assassinar um Alto Septão. E isso para falar apenas das ofensas cometidas especificamente contra a Fé nos Sete.

Mesmo aqueles personagens que têm um laço mais forte com suas convicções religiosas não parecem receber nenhuma recompensa em particular por isso. Os exemplos mais extremos de retribuição divina — as ressurreições de Beric Dondarrion e de Catelyn Stark — não são o tipo de graça pela qual muitos de nós gostariam de rezar.

O status ambíguo da religião na série parece um ato intencional de George R. R. Martin, que descreveu a si mesmo, em uma entrevista de 2011 na revista *Entertainment Weekly*, como um "católico não praticante", e reconheceu que a maioria o chamaria de "ateu ou agnóstico". E prosseguiu dizendo: "Quanto aos deuses, nunca fiquei satisfeito com nenhuma de suas respostas. Se realmente há um deus amável e benevolente, por que o mundo é cheio de violações e torturas? Por que sentimos dor? Me ensinaram que a dor é para que saibamos quando nosso corpo está se quebrando. Bem, por que não podemos ver uma luz? Como uma luz de painel? Se a Chevrolet pode fazer isso, por que não Deus? Por que a agonia tem de ser a principal maneira de lidar com as coisas?".

Percepção, poder e religião

Apesar do fato de que raramente atendem às expectativas, os deuses de Westeros exercem imenso poder, mesmo que, em geral, não se prontifiquem a melhorar as coisas. Na elaboração de seus próprios deuses, Martin evitou o caminho mais fácil. Ele poderia ter dado respostas satisfatórias, criando um mundo no qual os deuses do bem garantissem a cura, e, os do mal, o domínio sobre legiões de mortos-vivos. Westeros não é assim, no entanto. Sua religião não é obviamente verdadeira e acessível; ao contrário, é tão obscura e subjetiva quanto aqueles que a praticam. Assim como ocorre com os lobos, talvez seja melhor apenas saber que os deuses podem estar à espreita,

Em última análise, a fé religiosa não diz respeito a um resultado final, mas à *percepção* de um resultado final. Apesar da falta de evidência, somos levados a enxergar significados em padrões no mundo ao nosso redor. O poder da religião vem, ao menos em parte, dos significados que somos programados a procurar. A religião cria uma narrativa ao redor da qual podemos construir nossas vidas, e dá um significado ao nosso sofrimento individual e coletivo e às nossas realizações. Tais crenças são a fonte máxima de poder e autoridade religiosa neste mundo.

Ou, como é colocado de forma mais sucinta por Varys, em *A Fúria dos Reis*: "O poder reside onde os homens *acreditam* que reside. Nem mais, nem menos".

Andrew Zimmerman Jones é autor e editor de ficção e não ficção. Estudou física, filosofia e matemática (juntamente com alguns cursos sobre religião) no Wabash College, e tem mestrado em educação matemática na Purdue University. Foi finalista do concurso Escritores do Futuro L. Ron Hubbard, recebeu menção honrosa na Writer's Digest Science Future Competition de 2011 e, antes disso, apareceu na antologia da Smart Pop Books, *Inside Joss' Dollhouse*. É autor de *String Theory for Dummies*, o guia de Física da About.com, e editor colaborador da revista de aventura fantástica *Black Gate*. Andrew é membro da Associação Nacional de Escritores de Ciência, da American Mensa e da Toastmasters International. Vive em Indiana com a esposa, dois filhos, dois gatos e cinco galinhas. Links para sua obra e vários perfis on-line podem ser acessados em seu site: azjones.info.

Uma Espada sem Cabo

Os perigos da magia em (e para) Westeros

Jesse Scoble

A série *As Crônicas de Gelo e Fogo,* de George R.R. Martin, é um sucesso, em grande parte, porque resgatou fãs de fantasia que estavam ficando entediados e haviam se afastado dos enredos-padrão; e porque alcançou grande audiência entre aqueles que tradicionalmente não liam ou assistiam entretenimento do gênero. Em uma entrevista para o MTV Movies Blog, o produtor da HBO, David Benioff, disse: "Acho que algumas pessoas pensam: 'Ah, não assisto programas de fantasia porque não curto magia', mas uma das coisas legais sobre os livros de George é que eles não dependem excessivamente da magia". Leigh Butler, blogueira do Tor.com, comentou que Martin provavelmente parecia cauteloso sobre a quantidade de magia que colocaria na série. Em um de seus posts, intitulado "Uma Leitura de Gelo e Fogo", a reação de Leigh ao nascimento dos dragões foi: "Caramba. Aparentemente o mundo de Martin não está assim tão livre de magia, afinal!".

O mais intrigante a esse respeito é que o mundo dos Sete Reinos de Martin está mergulhado em magia. Mas isso não é usado no sentido da "fantasia tradicional".

Com esse termo me refiro ao conjunto de contos e entretenimento que remonta às histórias de *Conan*, de Robert E. Howard, *O Senhor dos Anéis*, de J. R. R. Tolkien, *As Crônicas de Nárnia*, de C. S. Lewis, *Dungeons & Dragons* e a imensidão de narrativas previsíveis e, em geral, repletas de clichês, de elfos, anões, orcs e goblins. Em seu ensaio de 1962, "Conan's Imitators", L. Sprague de Camp chamou esse tipo de obra de "espada e feitiçaria", e a definiu como "histórias baseadas em um cenário pré-industrial imaginário, nas quais, embora o sobrenatural desempenhe um papel importante, o tom se concentra na ação, na aventura e no heroísmo".

Muitos leitores, incluindo eu, cresceram à base desse tipo de fantasia, viciados em jogos de RPG, mas então colocaram de lado essas "coisas de criança" quando as exigências da vida e do mundo do trabalho tomaram seu espaço. Uma das razões para isso se deve ao fato de que as prateleiras das livrarias estão abarrotadas de mundos sem imaginação, que reciclam as mesmas ideias antigas. Se cada aventureiro tivesse uma sacola cheia de espadas encantadas, um anel mágico em cada dedo e feitiços tanto para atirar bolas de fogo e mísseis mágicos quanto para fazer café e curar espinhas — e talvez até erguer os mortos —, o mundo se tornaria chato e monótono, em função da natureza onipresente e previsível da magia.

Esse não é o caso de *As Crônicas de Gelo e Fogo*. Ainda que às vezes a série pareça ficção histórica — muitos leitores fizeram comparações pertinentes à Guerra das Rosas e à Guerra dos Cem Anos —, é exatamente a ausência de magia explícita que faz com que a narrativa seja tão eficaz. Como Martin escreveu em seu ensaio *On Fantasy* (1996), "Realidade são os shoppings de Burbank, as chaminés de Cleveland e os estacionamentos de Newark. Fantasia são as torres de Minas Tirith, as antigas pedras de Gormenghast, os salões de Camelot". Esses indícios de magia são a chave para fazer de *As Crônicas de Gelo e Fogo* o que elas são: exóticas, misteriosas e perigosas.

Cold open*

A Guerra dos Tronos começa com uma cena de magia. Vários membros da Patrulha da Noite — Gared, Will e Sor Waymar Royce — ficam cara a cara com os terríveis Outros. Enquanto o leitor se pergunta se esses inimigos são seres que assumiram fantasticamente a forma humana, se são algum tipo de ser mitológico reconhecível, como um elfo, uma fada sombria ou algo mais incomum, Sor Waymar é impiedosamente assassinado. Mas ele então se levanta, com os olhos tomados por um mágico brilho azul, e envolve as mãos ao redor da garganta de Will. Ao abrir a série com essa cena, Martin anuncia que a magia existe em seu mundo e desempenhará um papel importante no épico.

Depois dessa introdução aterrorizante dos Outros, no entanto, ele inesperadamente reduz o destaque à magia por muitos capítulos. Enreda o leitor nas histórias dos Stark, do rei Robert, dos Lannister e de uma série de vassalos, senhores menores, senhoras da corte e suas comitivas. Martin ainda expande esse universo, apresentando simultaneamente o leitor e Daenerys Targaryen ao povo Dothraki e seus senhores dos cavalos, do outro lado do Mar Estreito. Mas, ainda que a magia explícita fique de fora das páginas, vemos sinais e referências do papel maior que ela já desempenhou no mundo. Entende-

* *Cold open* (literalmente "abertura fria", em inglês) é uma técnica cinematográfica que consiste em iniciar o filme com uma cena importante da história antes mesmo que os créditos ou a sequência de abertura sejam exibidos. Essa técnica costuma ser utilizada para envolver o espectador o mais rapidamente possível, reduzindo a possibilidade de que ele perca o interesse no enredo. A abertura de *A Guerra dos Tronos*, apesar de tratar-se de um livro, apresenta o mesmo recurso. (N. T.)

mos que a magia pode estar apenas oculta. E pode muito bem retornar.

Histórias e superstições

Westeros é um mundo onde a magia desapareceu do cotidiano tanto dos nobres quanto dos camponeses. O último dragão morreu, aproximadamente, um século e meio antes do início de *A Guerra dos Tronos*, e a magia, ao que parece, morreu com ele. Mas o mundo ainda está cheio de rituais, crenças, superstições, artefatos e histórias cujas raízes remontam àqueles antigos tempos mágicos.

Em uma cena-chave no começo da história, o grupo de Eddard Stark encontra uma loba gigante morta na neve, assassinada com um chifre de veado em sua garganta, e cinco filhotes órfãos. O lobo gigante é o símbolo da Casa Stark, e as famílias nobres de Westeros acreditam muito nos símbolos e lemas de suas casas. Jon Snow impede Theon de matar os filhotes, ao dizer a Lorde Eddard que eles estão destinados a cada um dos cinco filhos legítimos dos Stark. Quando Jon é questionado sobre um filhote para si mesmo, ele explica que, como bastardo, não deve ter a mesma consideração reservada aos de sangue puro. Mas quando o sexto filhote, um pária albino, é encontrado, fica claro que estava "predestinado" a Snow. Os personagens consideram os animais um presságio — o que só parece ser confirmado, para eles e para nós, leitores, quando a Casa Baratheon, cujo símbolo é o veado coroado, causa a queda de Ned Stark, no final do livro. Se a morte da loba gigante e a descoberta dos filhotes são um presságio "verdadeiro" ou não, a disposição dos personagens em apoiar a ideia é o que produz efeito.

Antes disso, em *A Guerra dos Tronos*, também conhecemos a maravilha arquitetônica da Muralha, um grande monumento de gelo e pedra de aproximadamente quinhentos quilômetros de comprimento e duzentos de altura. As histórias contam que Bran, o Construtor, a projetou há oito mil anos, conjurando feitiços para proteger Westeros dos Outros e das monstruosidades das Terras de Sempre Inverno. Os relatos dão conta de que a magia também é o único modo de derrubar a Muralha. O Berrante do Inverno, ou Berrante de Joramun, é um artefato que os selvagens acreditam ser capaz não só de botar a Muralha abaixo, mas também de despertar os gigantes.

Ao longo da abertura da série, vemos lâminas de aço valeriano, ouvimos falar de sonhos amedrontadores que podem ser proféticos e descobrimos a história de um reino esculpido por fogo de dragão. Samwell Tarly diz que feiticeiros de Qarth o banharam em sangue de auroque, para torná-lo corajoso; mas ele vomitou e não funcionou. A Velha Ama conta histórias de ninar sobre a Longa Noite, e Dany ouve contos sobre a magia no extremo oriente — cantores da lua de Jogos Nhai, magos de Asshai e feitiços dothrakis para o pasto, o milho e os cavalos. De certo modo, essas primeiras páginas são cheias de magia, mas somente na forma de mitos, lendas e rumores.

Dada a aura de insegurança em torno do assunto, não seria uma surpresa, então, descobrir que os meistres, personagens mais cultos e educados em Westeros, têm uma relação conflituosa com a magia. Eles reconhecem que ela existiu em algum momento, mas poucos a veem de maneira favorável. Não são muitos os que estudam magia o suficiente para ganhar um elo de aço valeriano em sua corrente, e aqueles que o fazem em geral são discriminados. Outros ainda, como o Meistre Luwin, da Casa Stark, parecem quase enfadados e amargos por não encontrarem solidez na magia.

Existem algumas indicações de que os meistres, ou um grupo conspiratório deles, podem ter atuado para suprimir a magia do mundo. Ninguém sabe ao certo como os últimos dragões morreram, e embora as primeiras lendas deem conta de que Aegon III os envenenou, o Arquimeistre Marwyn conta uma história diferente para Sam Tarly: "Quem você acha que matou todos os dragões da última vez? Galantes matadores de dragões armados de espadas? — cuspiu. — O mundo que a Cidadela está construindo não tem lugar para feitiçaria, profecias ou velas de vidro, e muito menos para dragões" (*O Festim dos Corvos*). Não é difícil imaginar que a maioria dos meistres prefira o mundo cognoscível da ciência e da lógica em vez do reino caprichoso da feitiçaria e do encanto. E, é claro, a magia certamente representaria um obstáculo para que os meistres assumissem posições de poder.

Todos os acólitos da Cidadela devem passar uma noite final de vigília em uma cela escura como breu antes de vestir suas correntes de meistre. Não são permitidos tochas nem lampiões, apenas uma vela de obsidiana; eles devem passar a noite no escuro, a menos que encontrem um modo de acender a vela. Armen explica: "Mesmo depois de ter proferido os votos, colocado a corrente e partido para servir, um meistre recordará a escuridão de sua vigília e se lembrará de que nada do que tentou conseguiu fazer com que a vela acendesse... pois, mesmo com o conhecimento, algumas coisas não são possíveis" (*O Festim dos Corvos*).

Mas essa não é a lição que todos levam da vigília. Enquanto a maioria das velas permanece apagada e os acólitos ficam remoendo no escuro, há outras, como a que Leo Tyrell descreve ter visto nos aposentos de Marwyn, na Cidadela, que queimam com chama sobrenatural. Lentamente, apesar do peso da história e da esperança dos meistres de que a magia esteja morta, o fantástico se intromete no mundano de um modo que nem mesmo a pessoa mais cética pode negar.

Em outras partes do mundo, a magia tem um domínio ainda maior.

Além da Muralha

Histórias de magia e superstições são muito mais influentes e bem aceitas nas terras desoladas ao norte da Muralha. É onde vemos pela primeira vez a magia tangível na história, tanto nas páginas de abertura do livro quanto posteriormente, uma vez que Jon Snow entra para a Patrulha da Noite. Quando dois membros da Patrulha, Jafer Flowers e Othor, retornam como criaturas mortas-vivas para matar seus irmãos de juramento, são Snow e seu lobo, Fantasma, os responsáveis por salvar Senhor Comandante Mormont — uma cena importante por ser outro indício de que a magia está borbulhando nos confins do mundo. Jon viu a Muralha e consegue entender que tal maravilha arquitetônica só poderia ter sido construída por meios mágicos, mas encarar um homem morto que luta muito depois de ter seu braço cortado torna reais a magia e o sobrenatural.

Selvagens no Norte falam livremente de gigantes, wargs, videntes verdes e dos antigos deuses. Wargs — ou troca-peles — são mais bem compreendidos ali, como vemos nos selvagens Orell e Varamyr Seis-Peles. Assim também é o conhecimento sobre os Outros. Mance Rayder, o Rei-Para-Lá-da-Muralha, busca um refúgio seguro para seu povo contra esses predadores, enquanto a Patrulha da Noite suspeita que o selvagem Craster sacrifica seus filhos homens, abandonando-os no frio, para manter os Outros a distância.

As razões para o poder da magia ao norte da Muralha permanecem desconhecidas, pelo menos até agora. Talvez ela não a restrinja no extremo norte, ou talvez a feitiçaria esteja mais concentrada nos represeiros dos Filhos da Floresta; outra teoria é a de que talvez a magia negra dos Outros não seja tão dependente dos dragões como a magia praticada ao sul da Muralha.

Qualquer que seja a causa, no entanto, não é possível negar que ela mantém um domínio maior sobre as terras além da Muralha.

Essos e o leste

Outra terra na qual a magia tem muito mais relevância que em Westeros é Essos, no exótico leste. Mas é preciso alguém que seja parte das duas terras e, mesmo assim, não completamente de nenhuma delas, para desbloquear a magia em todo o mundo. A bela Daenerys Targaryen, da poderosa linhagem de Valíria, se agarra às lendas da grandeza de sua família e à sua história rica em magia. Sua terra natal, há muito destruída, é mais próxima geográfica e culturalmente de Essos do que de Westeros, e dizem que os Targaryen têm traços que refletem sua ligação com a magia — os membros da família se autointitulam como "sangue de dragão". Dany nunca hesita diante do calor e sonha com dragões batendo asas e cuspindo fogo. Quando seu protetor, Illyrio Mopatis, lhe dá três ovos de dragão petrificados como presente de casamento, podemos ter certeza de que algo eclodirá deles, figurativa ou literalmente. Como o escritor e dramaturgo Anton Tchékhov observou, "Não se deve colocar um rifle carregado no palco se ninguém estiver pensando em atirar com ele". Assim, também, Martin deve utilizar os ovos de dragão. Não explorá-los seria uma brincadeira cruel com o leitor.

Na sequência dessa revelação, Martin apresenta aos leitores — e a Dany — Mirri Maz Duur, uma lhazarena vítima de estupro e pilhagem de sua vila, que só sobrevive graças à intervenção de Daenerys. Ela se autodenomina esposa do deus Grande Pastor, e revela que aprendeu feitiçaria em Asshai da Sombra, no extremo leste, e artes curativas com um meistre, no oeste. Os dothraki têm outra palavra para ela: *maegi*, uma mulher que, segundo os contos deles, "dormia com demônios e praticava a mais negra das feitiçarias, uma coisa vil, maldosa e sem alma, que vinha até os homens no escuro da noite e sugava a vida e a força de seus corpos" (*A Guerra dos Tronos*).

Dany se volta para Mirri Maz Duur em desespero quando Khal Drogo cai de seu cavalo, com febre e um ferimento infeccionado. Ela acredita que Mirri pode salvá-lo com sua magia, mas o leitor não tem a mesma certeza. A forma como Martin descreve quando ela começa o ritual para salvar Drogo oferece um ar de mistério: "Mirri Maz Duur entoou um cântico com palavras numa língua que Dany não conhecia, e uma faca surgiu-lhe na mão. [...] Parecia velha; bronze vermelho batido, em forma de folha, com a lâmina coberta de antigos glifos" (*A Guerra dos Tronos*). Algo importante está claramente acontecendo ali. "Quando eu começar a cantar", a mulher observa, "ninguém deve entrar nesta tenda. [...] Nenhum vivente deve vê-los" (*A Guerra dos Tronos*).

Mirri começa o feitiço com um jorro do sangue do cavalo de Drogo e praticamente termina com o sangue do parto de Dany. No entanto, o bebê é natimorto e monstruoso. Drogo sobrevive, mas agora está apenas preservado das portas da morte e torna-se uma triste sombra do homem que já foi.

A magia é real? Dany acredita que sim — e Mirri usa isso para se vingar de Drogo e de seu *khalasar* pela dor que infligiram sobre sua vila. Certamente, algo horrível aconteceu com o filho de Dany, nascido reptiliano, cheio de vermes e descrito como "morto há anos". Seguindo a equação de sangue e sacrifício de Mirri, Dany constrói uma pira funerária para Drogo com o seu tesouro e seu corpo, os ovos de dragão e Mirri Maz Duur amarrada, sentenciada à morte pelo fogo. Mas então Daenerys também caminha para dentro das chamas. No entanto, esse sacrifício é um alto preço a se pagar pelo despertar dos ovos de dragão.

Assim, quaisquer dúvidas que Dany — e o leitor — possa ter tido sobre a realidade da magia são dissipadas.

Quando *A Fúria dos Reis* começa, outras coisas fantásticas sobre as quais tínhamos ouvido nas lendas começam a aparecer: wargs, videntes verdes, piromantes. Agora não pode haver dúvida: esse é um mundo no qual a magia é real, quase um lugar-comum. O nascimento dos dragões de Dany pode parecer o início da magia nesse universo, mas a verdade é que ela sempre esteve por ali, só que negligenciada ou adormecida.

Fervura lenta

Em uma entrevista de abril de 2011 para o *The New York Times*, Martin comparou o processo de acrescentar magia à sua história ao de cozinhar um caranguejo: "Se você coloca o caranguejo na água quente, ele vai pular para fora. Mas coloque-o na água fria e esquente-a gradualmente — a água quente é a fantasia e a magia, e o caranguejo é o público".

Desde o início de *As Crônicas de Gelo e Fogo*, ele difunde a existência de magia nesse mundo. Ao abrir com os Outros, nos revela que há monstros sobrenaturais que espreitam à noite, nos obrigando a imaginar: "o que mais pode haver lá fora?". Ao manter o fantástico raro e misterioso, no entanto, ele também nos permite ser surpreendidos quando encontramos esses elementos — e faz com que o leitor que normalmente não aprecia livros de fantasia fique preso à história.

Essa "fervura lenta", essa insistência no mistério, no entanto, vai além. Confere à magia um senso maior de importância e poder. Também mantém tanto personagens quanto leitores se questionando sobre a verdadeira natureza da magia no mundo. A aura de mistério aumenta a sensação de que ela é perigosa, ainda que, nesse caso, isso não seja só ilusão, além de cobrar um preço alto.

Quando Dany pede a Mirri que salve Drogo, por exemplo, a *maegi* avisa que o feitiço terá um custo alto e exigirá um grande sacrifício. E não se trata de algo a ser barganhado com ouro ou carne de cavalo, mesmo que seja pago com isso também. Mirri nos diz que "Só a morte pode pagar a vida" (*A Guerra dos Tronos*). Ainda que o feitiço de sangue da *maegi* traga resultados trágicos, ele ensina a Dany, e a nós, a regra mais essencial da magia na série: ela não pode ser manipulada com facilidade e custa muito caro.

O cometa vermelho

A Fúria dos Reis começa com outro forte presságio: um terrível cometa vermelho brilhando no céu. Diferentemente do veado e do lobo gigante, no entanto, esse acontecimento é muito mais difícil de interpretar, e a maioria dos personagens enxerga o que melhor lhe convém. O rei Joffrey vê o cometa como uma bênção do carmesim Lannister; Edmure Tully, o vermelho do seu clã e um sinal de vitória; já Grande Jon Umber, um símbolo de vingança; Brynden Tully, Aeron Greyjoy e Osha veem como um presságio de guerra e derramamento de sangue; e, para a quase cega Velha Ama, que afirma poder farejá-lo, o cometa vermelho significa a vinda de dragões. Em certo sentido, o que o fogo pressagia para o leitor é R'hllor, o Senhor da Luz, e sua sacerdotisa Melisandre.

Melisandre é uma das personagens mais adeptas da magia em *As Crônicas de Gelo e Fogo*. Antes, o único sacerdote vermelho de R'hllor que tínhamos visto era Thoros, que era mais caricato do que imponente — embora um mestre nos torneios, com sua espada flamejante, era careca, gordo e estava quase sempre bêbado. Melisandre, ao contrário, é sexy, sofisticada e apresentada ao leitor em uma cena de vida ou morte. O antigo meistre de Stannis Baratheon, Cressen, está convencido de que ela é má influência para Stannis, então tenta envenená-la. Mas ela afirma ter visto a fraca tentativa dele em suas chamas e o avisa de que conhece sua trama. Quando Cressen se recusa a abandonar o plano, ambos bebem o vinho envenenado, mas só o meistre morre. A feitiçaria de Melisandre a mantém a salvo.

De muitas maneiras, ela é a personificação da lição que Dany aprendeu — de que a magia vem acompanhada de um alto custo. Normalmente não sabemos o quanto Melisandre está "pagando" por seus feitiços, mas o que testemunhamos indica que o custo se eleva cada vez mais.

Ela convence Stannis de que o caminho para a realeza passa pelos fogos de R'hllor, que ele é o lendário herói Azor Ahai renascido, destinado a empunhar a fabulosa espada Luminífera e a unir e proteger Westeros do Grande Outro. Não sabemos se Stannis acredita nisso — e muitas evidências sugerem que Melisandre está enganada nesse ponto —, mas ele ouve os conselhos e confia nela implicitamente e, se não é um total convertido à sua religião, está disposto a alimentar o fogo com quase qualquer coisa que ela sugira. Para recriar a Luminífera, ele sacrifica simbolicamente os ídolos de sua antiga fé, os Sete, em uma grande fogueira, e então desembainha a espada da forma queimada da Mãe.

Contudo, Stannis não parece ter feito o suficiente para criar uma nova lâmina: sua primeira arma é queimada, a segunda brilha com luz, mas sem calor (não está claro se ele faz outra tentativa ou se Melisandre simplesmente coloca um encanto na lâmina queimada). O mito de Azor Ahai afirma que ele destruiu duas espadas no processo. A primeira foi temperada com água, depois de trabalhada por trinta dias e noites na forja, e acabou despedaçada. A segunda levou cinquenta dias e noites, foi mergulhada no coração de um leão para esfriar e, mesmo assim, quebrou. A terceira tentativa, que obteve sucesso, levou cem dias e noites; ele chamou sua esposa e pediu que ela desnudasse o seio. Cravou a lâmina em seu coração — o mais alto dos sacrifícios — e a alma dela se combinou com a espada para formar a Luminífera, a Espada Vermelha dos Heróis, usada para derrotar os Outros durante a Longa Noite.

Melisandre está constantemente alimentando seu fogo sempre faminto com sacrifícios. Dizem que queima um homem para dar a Stannis bons ventos para seus navios. Coloca sanguessugas em Edric Storm, filho bastardo do rei Robert, e joga os vermes cheios de sangue nas chamas enquanto recita os nomes dos inimigos de Stannis — Joffrey, Balon e Robb — para levá-los à destruição (e, em pouco tempo, os três perecem de maneiras horríveis). Ela pede mais do que uma amostra do sangue de Edric; há poder no sangue real, afirma, o suficiente para despertar a pedra de dragão, e ela então quer usar o garoto para alimentar as chamas. Embora Stannis ceda, Davos havia previsto o perigo e manda Edric para longe. Depois, pede para sacrificar o filho do Rei-Para-Lá-da-Muralha, mas seu plano é igualmente frustrado por Jon Snow.

Para muitos leitores, não é a imagem do fogo, mas sim da sombra que representa Melisandre: primeiro, a de Stannis, que penetra na tenda de Renly e o assassina — uma sombra com o poder de atravessar a armadura e cortar sua garganta. Segundo, a que Davos testemunha quando guia Melisandre por baixo das muralhas de Ponta Tempestade. Como a Muralha, este antigo castelo foi construído com assombrosa proteção, e os feitiços da sacerdotisa não conseguem atravessar a barreira. Assim que passam sob as muralhas, Melisandre fica repentinamente grávida de nove meses e dá à luz uma sombra, que sai rastejando, tão alta quanto um homem, com o perfil de Stannis.

Esses feitiços também acontecem com um grande custo, ainda que o sacrifício novamente não seja de Melisandre. Ela retira o poder para realizá-los diretamente de Stannis, fazendo-o parecer mais velho e abatido, e enchendo seu sono com pesadelos.

Melisandre não é a única agente do Senhor da Luz, e a magia dela não é a única que vemos ser feita em seu nome. Quando Thoros dá ao caído Lorde Beric Dondarrion o "último beijo", um ritual padrão de fogo, isso traz Lorde Beric de volta dos mortos, o que surpreende a ambos. Thoros restaura a vida dele seis vezes, mas cada tentativa é mais difícil e o faz perder — sacrificar — um pouco mais de seu ser. Depois do último incidente, ele não consegue mais se lembrar de seu castelo, de sua prometida, de suas comidas favoritas e de outras coisas. Em vez de ir em frente e continuar se extinguindo, Lorde Beric passa a chama do renascimento para Catelyn, restaurando-a como a Senhora Coração de Pedra, mas isso não é um favor. A noção de ressurreição é um destino pior do que a morte.

Mais recentemente, *A Dança dos Dragões* nos apresentou Moqorro, o Chama Negra, que é tirado do mar e fica a serviço de Victarion Greyjoy, afirmando que Greyjoy tem o apoio do Senhor da Luz. Como Thoros e Melisandre, o sacerdote vermelho tem poder: ele cura a mão pútrida de Victarion e sacrifica Meistre Kerwin para trazer bons ventos aos navios. Além de ter poder, ele ainda pode ler os glifos valirianos no Berrante do Dragão.

Esse artefato — outro berrante mágico sobre o qual falam as lendas — foi descoberto por Euron Greyjoy, teoricamente nas ruínas de Valíria, e, quando soprado, é ouvido como mil almas gritando. Cragorn, um dos homens de Euron, desmaiou com bolhas nos lábios depois de soprá-lo. Quando morreu, algum tempo depois, seus pulmões estavam negros como fuligem. Moqorro diz a Victarion que o berrante segurará os dragões, mas qualquer um que o tocar morrerá. O berrante deve ser trocado por sangue — somente a morte pode pagar pela vida ou pelo poder.

Um jogo de magia

A magia em *As Crônicas de Gelo e Fogo* é tão efetiva e fascinante porque vem sempre acompanhada de um alto custo. Mas é difícil para nós, como leitores, decifrar as regras do jogo da magia, assim como determinar quais elementos podem realmente ser chamados de "mágicos".

Quando estávamos desenvolvendo o RPG *A Game of Thrones d20*, nos debatemos com a questão de como definir a magia. Tradicionalmente os RPGs codificam esses tipos de habilidades para uso de jogadores e antagonistas, mas optamos por uma abordagem baseada na história, depois de conversarmos mais sobre o tema e a sensação do que sobre questões técnicas. Isso aborreceu alguns jogadores, que queriam um sistema mais rígido, como o usado em *Dungeons & Dragons*, no qual cada personagem pode fazer feitiços específicos e codificados em um determinado nível. Mas, para mim, isso ia completamente contra o espírito de *As Crônicas de Gelo e Fogo*. Em vez disso, decidimos que qualquer personagem podia aprender um feitiço, desde que tivesse sabedoria para isso, posição suficiente no Conhecimento de Arcana e uma característica que parecesse adequada (como Sonhos, Sangue de Dragão ou Sangue dos Primeiros Homens). Mesmo aqueles que não tinham treinamento formal podiam usar a magia. Nas regras, colocamos da seguinte forma: "em circunstâncias raras, uma combinação de determinação, destino e sorte pode permitir que um personagem crie espontaneamente um efeito mágico. Tais efeitos não surgem ao acaso, mas requerem o tipo de talento derivado de loucura temporária".

Acho seguro dizer que pelo menos conseguimos o espírito certo. Para o último RPG baseado na série — *A Song of Ice and Fire Roleplaying*, da Green Ronin Publishing — também optamos por uma abordagem minimalista. Em conversas com os desenvolvedores dos jogos, Chris Pramas e Joseph D. Carriker, ficou claro que o foco deles é mais no que a magia faz e no preço que ela cobra do que em como ela acontece.

Isso espelha o modo como ela funciona nos livros. Martin deixou as regras da magia em *As Crônicas de Gelo e Fogo* intencionalmente ambíguas. No fim, não importa se wargs, sacerdotes vermelhos e os Targaryen estão "mergulhando" na mesma fonte para conseguir poder para seus encantamentos ou não, ou como estão fazendo isso, desde que o autor conheça as regras e as mantenha consistentes. E contanto que restrinja o uso da magia. "Para haver uma fantasia épica, você precisa de alguma magia", Martin também observou naquela entrevista ao *New York Times*. "Mas eu acredito em um uso sensato dela."

Não há dúvida de que ela é parte integrante do espírito de *As Crônicas de Gelo e Fogo*. Acho que não apreciaríamos tanto a história se nela não houvesse dragões. Como Martin escreveu em *On Fantasy*: "Lemos fantasia para encontrar novamente as cores, eu acho. Para provar temperos fortes e ouvir o canto das sereias".

Com dezenas de capítulos e centenas de páginas ainda por vir, é claro que a ascensão das forças mágicas moldará o futuro de Westeros. O truque, tanto para o autor quanto para os personagens, é manipular a magia sem deixar que ela os consuma. Para os habitantes de Westeros, a ameaça inerente ao seu uso é uma morte horrível ou, como aconteceu com Catelyn Stark, um destino pior que a morte. Para seu criador, é algo mais profundo: ter seu cenário original e austero transformado em apenas mais uma morada previsível de feiticeiros atiradores de raios e lagartos voadores destruidores de cidades.

Talvez as palavras do Senhor Chifrudo, um antigo Rei-Para-Lá-da-Muralha, em *A Tormenta de Espadas*, expliquem melhor: "[...] a feitiçaria é uma espada sem cabo. Não há maneira segura de pegar nela".

Jesse Scoble é, não necessariamente nesta ordem, designer de games e roteirista. Ganhou prêmios, escreveu um roteiro de terror faroeste e contribuiu em mais de trinta livros de RPG e antologias relacionadas ao tema. Foi diretor de criação do RPG *A Game of Thrones d20* e também colaborou no mais recente *A Song of Ice and Fire Roleplaying*. Trabalhou em *City of Heroes*, da NCsoft, em *Webkinz* e *Tail Town*, da Ganz, em vários projetos da Ubisoft, e no *Marvel Heroic RPG* da Margaret Weis Productions. Canadense de nascimento, mudou-se para Austin no ano escaldante de 2011, para trabalhar como Designer Sênior de Conteúdo (leia-se: escritor) em *Wizard101*, da KingsIsle. Tem dois filhos pequenos, que já estão sendo doutrinados nas maravilhas da fantasia e dos games. Faz um *mojito* excelente.

Petyr Baelish e a Máscara da Sanidade

Matt Staggs

O mundo de *As Crônicas de Gelo e Fogo* é um lugar inacreditavelmente cruel: heróis são mortos sem nenhuma consideração pela nobreza de seu caráter ou pela justiça de sua causa. Os vilões recebem punições aparentemente pequenas para suas maldades. A vida é dura, e os deuses, novos ou antigos, são surdos aos gritos de nobres ou camponeses. Em um mundo como esse, só aqueles que conseguem se endurecer diante do sofrimento alheio têm uma chance de vencer o jogo dos tronos.

Os laços de família, fé e lealdade podem impedir a maioria das pessoas de alcançar o estado de insensibilidade necessária para reivindicar a vitória, mas Petyr "Mindinho" Baelish não é uma pessoa normal: ele é um psicopata, e isso o torna um jogador perturbadoramente hábil. Mindinho não tem frestas em sua armadura emocional, em grande parte porque não tem nenhuma emoção verdadeira — pelo menos do modo que as pessoas normais a compreendem. Sem nenhuma das vulnerabilidades emocionais de um ser humano relativamente saudável, Mindinho se isola contra as armadilhas que atingem os que lutam pelo poder em Westeros. Todos aqueles que buscam superá-lo partilham um erro fatal: presumem que ele jogue de acordo com as mesmas regras que eles. Mas logo aprendem que não é assim. Ele seria capaz de vencer o jogo dos tronos? Muito possivelmente, e, se for assim, sua crueldade poderia rivalizar com a de Aerys II.

A maioria das pessoas está familiarizada com a palavra "psicopata". O entretenimento popular e a mídia adoram descrever assassinos como "psicopatas", pensando que isso simplesmente significa que são "malucos", ou que os crimes que cometeram são especialmente terríveis. As pessoas usam a palavra "psico" quando falam de comportamentos bizarros ou imprevisíveis, como um sinônimo genérico para "doido". Um exemplo divertido desse tipo de confusão pode ser visto na comédia *Recrutas da Pesada*, de 1981. O novo recruta, Francis Soyer, tenta intimidar os outros soldados da sua unidade dizendo a eles que as pessoas o chamam de "Psico", e ameaça matá-los se tocarem nele ou em suas coisas. O excêntrico e nervoso Soyer é uma pessoa estranha, de fato, mas é um psicopata? Provavelmente não.

Psicopatia é um transtorno de personalidade, um tipo de doença psiquiátrica ligada à identidade da pessoa. Transtornos de personalidade são diagnosticados, em geral, por meio de uma análise cuidadosa da história do paciente e, geralmente, de uma bateria de testes psicológicos. Psiquiatras e outros profissionais da área de saúde mental procuram padrões de comportamento específicos, a partir dos quais baseiam seu diagnóstico. A realidade da psicopatia está muito distante do comportamento excêntrico e violento que o público associa à palavra, e não é marcada pelo tipo de inquietação e agressividade exageradas vistas no personagem de *Recrutas da Pesada*. É, na verdade, muito mais sutil e perturbadora.

Em 1941, o psiquiatra Hervey Cleckley escreveu um livro chamado *A Máscara da Sanidade*, um estudo inovador no qual defendia a hipótese de que os psicopatas são desprovidos da capacidade de experimentar emoções reais. Eles vestem uma "máscara" psicológica para esconder sua anormalidade. O livro de Cleckley inclui uma lista de dezesseis características que ele julgava serem típicas de um psicopata. Seus colegas analisaram essa lista e usaram algumas de suas partes para formar os critérios do transtorno de personalidade antissocial, como a psicopatia é conhecida no *Manual de Diagnóstico e Estatística de Transtornos Mentais*, uma espécie de bíblia da profissão.

Não há critério universalmente aceito para identificar a psicopatia, mas quatro características básicas são comuns a quase todas as definições: um histórico de envolvimento em comportamento criminoso; pouca ou nenhuma empatia com as vítimas; a incapacidade de criar laços emocionais fortes e a ausência de remorso sincero pelos próprios atos. Todos esses traços vêm à tona quando analisamos Mindinho.

Psicopatas têm um histórico de cometer atos que seriam considerados criminosos ou, pelo menos, imorais pelos padrões da sociedade. Mindinho cometeu ou planejou vários assassinatos — todos a sangue frio — como meio mais conveniente para acumular poder e riqueza.

A primeira conspiração provocada por Mindinho é o estopim da Guerra dos Cinco Reis, ainda que isso não seja creditado como uma realização monumental. Lysa Arryn envenena seu marido, Jon, a mando de Mindinho. Se isso não tivesse acontecido, Eddard Stark nunca teria viajado para Porto Real para se tornar Mão do rei Robert Baratheon. Por sua vez, se ele não tivesse sido preso e executado, o Jovem Lobo, Robb Stark, não teria levantado seus estandartes contra Porto Real.

A próxima vítima de Mindinho é Eddard Stark. Ele o manipula desde a sua chegada a Porto Real, fingindo amizade, até que o Senhor de Winterfell passa a confiar nele. Uma vez que isso acontece, Mindinho trai a confiança de Eddard, levando à sua captura e execução por traição. Com Ned fora do caminho, Mindinho se casa convenientemente com a irmã da esposa de Ned, a viúva Lysa. A perturbada mulher está em êxtase por se casar com seu amor de infância, mas ele a mata pouco tempo depois.

Por ordem de Mindinho, Dontos Hollard, ex-cavaleiro e, depois, bobo da corte do rei Joffrey, ajuda Sansa Stark a fugir de seu casamento forçado com Tyrion Lannister. Depois de acompanhar com êxito Sansa até o navio que a levará de Porto Real, Mindinho o assassina. Dontos poderia ter vivido no exílio, mas uma lâmina e um enterro no mar são métodos mais garantidos para evitar que ele revele como Sansa escapou de Porto Real e com quem ela partiu.

Mindinho é um assassino, mas *As Crônicas de Gelo e Fogo* é repleta de homens e mulheres violentos. Então, o que faz os assassinatos dele tão diferentes daqueles cometidos por outros personagens? A motivação. Mindinho se importa apenas consigo mesmo, e mata exclusivamente para seu próprio benefício. Outros personagens cometem assassinatos, mas em geral são motivados por emoções como amor, vergonha ou raiva, em resposta a uma ameaça em potencial ou a serviço de uma causa ideológica. Nem sempre essas justificativas são nobres ou sensíveis, mas motivos além de ganhos pessoais — ou, pelo menos, concomitantes com eles — são, em geral, os que provocam o derramamento de sangue. A rainha Cersei pode ser conspiradora e assassina, mas também é uma mãe que faz o que for preciso para proteger seus filhos. Seu irmão, Jaime, atira Bran Stark de uma janela, mas para proteger seu romance ilícito. O irmão caçula deles, Tyrion, sem dúvida um dos personagens mais éticos da saga, encomenda o assassinato do músico Symon Língua de Prata como resposta à sua tentativa de chantagem. Até mesmo Lorde Walder Frey orquestra os acontecimentos do infame Casamento Vermelho em parte como retaliação ao insulto sofrido por sua Casa.

Mas Mindinho não é motivado por emoções. Ele afirma amar Catelyn Stark, mas suas ações traem as rasas declarações de afeição. Onde está Mindinho quando ela mais precisa? Seduzindo sua filha e assassinando sua irmã, sem pensar duas vezes.

A falta de remorso ou empatia também são características do psicopata. Mindinho conforta Sansa Stark friamente após a morte de seu pai, dizendo-lhe que ele era uma "peça", e não um "jogador". O respeito pelos sentimentos dos outros não é um fator em suas estratégias; na verdade, ele os considera uma vulnerabilidade a ser explorada. Basta observar o que ele diz na mesma conversa com Sansa, quando ela se apresenta como sua filha, Alayne: "Todo mundo quer alguma coisa, Alayne. E quando ficar sabendo o que um homem quer, saberá quem ele é, e como jogar com ele" (*A Tormenta de Espadas*).

A habilidade de Mindinho de manipular os outros só pode ser superada pela de Varys. O que o diferencia do Aranha, no entanto, é a motivação. Varys age para preservar a estabilidade do reino. Seus rivais podem considerá-lo indigno de confiança, e talvez o seja, mas isso se deve ao fato de que sua aliança é com a coroa e com o país, e não com um indivíduo em particular. A aliança de Mindinho é com ele mesmo.

É difícil entender como deve ser não ter empatia ou remorso. Seres humanos costumam antropomorfizar animais, apesar de sua condição obviamente não humana. Projetamos estados emocionais como ódio, amor ou raiva em seres incapazes de senti-los da mesma maneira que nós o fazemos. Se já é difícil ver nosso relacionamento com nossos animais de estimação de maneira objetiva, como antecipar (e lidar com) as ações de um ser humano que tem a profundidade emocional e a falta de remorso de uma cascavel? A maioria de nós simplesmente não é capaz disso. Além disso, a maioria de nós não é como Tyrion Lannister.

Não surpreende que um observador tão astuto como Tyrion tenha visto além da máscara de normalidade de Mindinho. Talvez a natureza do anão enquanto um segregado tenha lhe dado um senso de perspectiva dificilmente visto em outros personagens.

Em *A Guerra dos Tronos*, Tyrion faz o seguinte comentário para Cersei: "Por que é que um urso caga na floresta? [...] Porque é esta a sua natureza. Para um homem como Mindinho, mentir é tão natural como respirar. Se há alguém neste mundo que devia saber isso, é a senhora". E, mais tarde, no mesmo livro, ele resume o Mestre da Moeda com uma única e devastadora sentença: "Mindinho nunca amou ninguém a não ser Mindinho".

A manipulação é outra qualidade fundamental do psicopata. Mindinho não tem amigos, apenas ferramentas e brinquedos para serem descartados no momento em que não servirem mais aos seus propósitos. Seu método favorito de eliminação se encontra na ponta de uma lâmina. Ele se destaca nisso. É uma espécie de gênio, na verdade: movendo e mudando tanto amigos quanto inimigos como peças de xadrez em um grande tabuleiro. Eddard achou que podia confiar nele, assim como Lysa Arryn e Sor Dontos. Sansa Stark parece confiar, e já sofre por isso.

Não fosse pelo talento maquiavélico de Mindinho para a sedução, Sansa já teria revelado sua identidade nobre para a Casa Royce e, até mesmo, as reais circunstâncias da morte de sua tia. Com essas revelações, Mindinho dificilmente poderia reivindicar o poder sobre o Ninho da Águia e as Terras Fluviais. Os senhores do Vale já desprezam o homem, e uma acusação de assassinato poderia ser razão suficiente para enforcamento. Por enquanto, Sansa mantém seu disfarce de Alayne Stone e Mindinho segue sendo o Senhor Protetor.

Obviamente, ele planeja mais uma vez expandir seu domínio. Há a questão de seu protegido, Robert Arryn, mas dado o histórico de outros que estiveram no caminho de suas ambições, as chances de o pequeno Lorde Robert alcançar a maioridade são pequenas. E as de Sansa não são muito melhores. Com a filha mais velha dos Stark fora do caminho, Mindinho estaria livre para reivindicar o Norte.

Nada poderia descrever melhor esse vilão do que seu charme superficial, típico de um psicopata. Ele pode parecer bastante agradável — carismático até —, mas isso não passa de uma farsa. Cada mínima atenção que ele demonstra em relação aos demais está somente a serviço de seus próprios benefícios. Sim, ele lutou pela mão de Catelyn, mas casar-se com ela teria melhorado muito sua posição social. É bastante razoável olhar até mesmo para suas declarações de amor com desconfiança, dadas suas atitudes mais recentes.

Além da resposta óbvia de "por poder", por que Mindinho atua dessa maneira? Psicopatas agem porque se sentem no direito. Não sentem nada por outras pessoas, e com frequência são altamente narcisistas. A Escala Hare PCL-R (*Psycopathy Checklist Revised*), um teste usado para identificar psicopatas, lista "narcisismo agressivo" e "autoestima grandiosa" como fatores de personalidade comuns entre esses sujeitos. É uma combinação potencialmente explosiva. Pessoas e leis viram obstáculos no caminho das coisas que o psicopata pensa merecer. A decisão de eliminar ou contornar esses obstáculos pode ser uma escolha fácil, especialmente se a probabilidade de ser pego for pequena ou inexistente. Uma sociedade pré-industrial como Westeros seria um ambiente ideal para um psicopata inteligente, especialmente um cuja posição nobre lhe protegesse contra as leis comuns.

Um dos grandes trunfos do épico de Martin é que ele evita a dicotomia bem *versus* mal presente em grande parte das ficções fantásticas, optando, em vez disso, por apresentar um quadro humano mais realista e texturizado. Determinar quem são os heróis e os vilões depende da perspectiva e, mesmo assim, essas designações não são estáticas: o monstro desprezível do primeiro livro pode ser o herói do outro, e vice-versa. Homens e mulheres gentis podem se corromper, escorregando do alto de sua moral, centímetro por centímetro. Algumas vezes eles se erguem novamente, outras não. O mais insensível dos personagens, porém, pode aprender com a experiência e, algumas vezes, sentir pena e até respeito por seus inimigos. Alguma dessas situações se aplica a Mindinho? Não, acredito que não. Suas afeições são fingidas, assim como sua simpatia. Não há nada dentro dele que possa ser reconhecido como compaixão. Não há potencial de crescimento, porque, metaforicamente falando, ele está morto por dentro. Mindinho esconde o vazio niilista de seu interior atrás da máscara de sanidade de Cleckley. É um monstro entre homens.

A saga de Martin é frequentemente comparada com *O Senhor dos Anéis*, de J. R. R. Tolkien, mas, com todo o respeito ao professor Tolkien e sua maravilhosa obra, não encontramos nela nenhum traço de profundidade psicológica. Com exceção de Boromir, Aragorn e companhia são "bons" de um modo raramente encontrado fora da ficção. O Um Anel corrompe homens bons. É claramente uma fonte sobrenatural de maldade em um mundo no qual as pessoas (e elfos, anões e hobbits) são essencialmente boas. Martin não introduz uma fonte externa de maldade em sua obra, porque não é necessário. Há corrupção, depravação e pecado em *As Crônicas de Gelo e Fogo*, mas tudo pode ser atribuído à falibilidade humana. A maldade sobrenatural é excepcionalmente rara e, quando aparece, é de natureza distinta da nossa. Não há nada que interesse aos humanos nos caminhantes brancos e suas criaturas. Eles não se comunicam de outra forma que não seja pelo derramamento de sangue, e não oferecem nada além do esquecimento dos mortos-vivos.

Uma concepção sobrenatural da maldade proporciona uma saída fácil para leitores que, de outro modo, teriam que olhar para as ações cruéis dos personagens e questionar se seriam capazes de fazer o mesmo, caso tivessem a oportunidade. Onde há um anel mágico sedutoramente sombrio — ou, para considerar o mundo real, um homem com chifres segurando um tridente — atraindo os justos para fora do caminho correto, podemos continuar com a ilusão de que o mal é algo externo, em vez de existir como um potencial interno. A saga de Martin não oferece tal conforto. A maldade em seus livros normalmente tem uma face muito humana que, com mais frequência ainda, não está nem um pouco distante da nossa.

O fato de Mindinho vestir uma máscara de normalidade o torna ainda mais assustador do que os Outros, as criaturas mortas-vivas ou pequenos sádicos de Westeros. Os Saltimbancos Sangrentos não escondem sua depravação, e a raiva desmedida de Gregor Clegane lhe garante espaço para agir. Sor Jaime Lannister provavelmente não mataria sem alguma razão, por menor que fosse. Mindinho, com sua boa educação, aparência e sorriso amigável, parece mais com alguém a quem você confiaria seus segredos. Fazer isso seria arriscar perder ambos, mas é provável que você não percebesse o perigo até sentir a lâmina entrando profundamente em sua garganta, ou a mão em suas costas quando despencasse da janela de uma torre alta.

Mindinho seria capaz de encontrar alguma forma de redenção? Improvável. Perversidade, subterfúgios e violência definem o seu caráter na saga, e um Mindinho que repentinamente ficasse "bom" não seria ele próprio. A psicopatia é para a vida toda, e o comprometimento de Martin com o realismo psicológico provavelmente não permitiria tal reviravolta.

As Crônicas de Gelo e Fogo não é conhecida por ter desfechos de contos de fada, mas isso é parte do que torna os livros tão envolventes. O bem nem sempre é recompensado, nem o mal sempre punido. Na verdade, parece que o mal escapa com frequência da punição. Em outras palavras, Westeros é um mundo muito parecido com o nosso. Poucos de nós jogam o jogo dos tronos; a maioria está limitada, na melhor das hipóteses, ao jogo do escritório. Mas há heróis e vilões entre nós e, um dia ou outro, podemos desempenhar os dois papéis. Também temos nossos próprios Mindinhos. Alguns se escondem em becos escuros com machados, enquanto outros roubam nossa aposentadoria e colocam nossos governos contra o povo. Alguns deles podem estar no apartamento ao lado, ou talvez no espelho mais próximo.

Se eles usarem a máscara de sanidade tão bem quanto Mindinho, no entanto, teremos dificuldade para reconhecê-los, até que seja tarde demais.

Matt Staggs já trabalhou com saúde mental. Jornalista, atualmente atua como editor, autor e produtor de *podcasts*. Publica regularmente resenhas, entrevistas e artigos de destaque na Suvudu, site oficial de ficção científica e fantasia da editora Random House. Também é anfitrião no DisinfoCast, o *podcast* oficial da Desinformation Company. Em seu tempo livre, que está cada vez mais raro, Matt gosta de desenhar, jogar RPG, discutir sobre filmes e pesquisar sobre psicologia, cultura, religião, folclore e cultura forteana. Vive no Mississippi com a esposa, dois gatos, um cão e um dragão barbudo, Smaug. Você pode encontrá-lo no Twitter (@mattstaggs), no Facebook (facebook.com/mattstaggs) e em seu site vergonhosamente negligenciado (mattstaggs.com).

Um Tipo Diferente de Outro

O papel das aberrações e dos párias em As Crônicas de Gelo e Fogo

Brent Hartinger

Quem não ama os vira-latas?

Como humanos, a maioria de nós parece ser instintivamente atraída pelos párias, pelos excluídos. Pelo menos em algum nível, a maioria das pessoas simpatiza com aqueles a quem é negada até mesmo a oportunidade de provar seu valor. Reconhecemos, contudo, isso como uma injustiça.

Os escritores sabem que o público adora histórias de vira--latas. De *Rocky* a *Rudy*, de *Star Wars* a *Seabiscuit*, os espectadores parecem nunca se cansar deles. Além disso, se o antagonista não for mais forte do que o protagonista, pelo menos no início, não *há* história.

Mas há párias e párias. O extenso elenco da série *As Crônicas de Gelo e Fogo*, de George R. R. Martin, inclui um respeitoso número de personagens principais vistos como desajustados sociais, se não aberrações completas, pelas pessoas ao seu redor:

há os que não se encaixam em seu gênero, como Arya, Brienne e Varys; pelo menos dois personagens com deficiência, Bran e Donal; além dos personagens gays, entre eles Renly e Loras.

E, é claro, a série inclui um anão, Tyrion: não a raça barbada, que mora no subterrâneo da mitologia alemã (e de muitas outras obras de fantasia), mas um anão realmente genético.

Dos 14 principais personagens com pontos de vista até o momento — Tyrion, Arya, Jon, Daenerys, Bran, Samwell, Brienne, Catelyn, Jaime, Cersei, Eddard, Davos, Theon e Sansa —, pelo menos os sete primeiros violam seu gênero ou as normas sociais. Até as últimas décadas, indivíduos como esses têm sido tratados como objeto de escárnio, ridicularização ou pena — não apenas na literatura, mas na sociedade ocidental que essa literatura reflete. Quando eles não são estereotipados, são ignorados. Difícil dizer qual das duas abordagens é a pior.

Às mulheres, por sua vez, têm sido destinados — tanto na vida quanto na literatura — papéis igualmente limitadores, quase sempre definidos pelo relacionamento amoroso com um homem. Como a maior parte das mulheres na história, as personagens femininas da série são consideradas párias meramente por seu gênero. Sansa, por exemplo, não tem nenhum poder sobre seu destino, mesmo sendo a futura rainha.

As Crônicas de Gelo e Fogo se passa em um cenário quase medieval, no qual a postura em relação às consideradas minorias é completamente brutal e intolerante. A diferença é a abordagem moderna da série: os párias não são estereotipados ou ignorados; pelo contrário, eles ganham destaque e aparecem com o mesmo nível de importância de personagens ditos mais tradicionais.

Na verdade, talvez eles sejam até *mais* importantes. Na série, a experiência de ser uma aberração ou um desajustado parece tornar a pessoa mais sensível ao sofrimento dos outros, e mais heroica — ou, pelo menos, o mais heroica possível nas impiedosas terras de Westeros e Essos. Enquanto isso, outros personagens começam como "normais", mas terminam como párias. Com frequência, a transição muda a perspectiva deles para melhor.

Juntos, gelo e fogo formam o vapor, e, na obra-prima de George R. R. Martin, são justamente as aberrações e os párias que acabam sendo queimados. Mas isso não significa que eles não tenham algo muito importante a dizer sobre isso.

Não é que o gênero de fantasia não tenha tido há muito sua cota de desajustados.

É possível argumentar que todo o gênero é construído sobre um tipo muito específico de pária: o rei deposto ou o príncipe exilado determinado a reivindicar seu trono. De Ulisses e Rama até personagens modernos como Luke Skywalker, Harry Potter e Tarzan, todos começam a história como párias, mas têm grandeza no sangue, e o direito ao "trono" está apenas esperando que eles se levantem e se apossem dele.

Outros marginalizados famosos da fantasia podem não ter sangue real, mas são destinados a cumprir alguma tarefa importante para a qual apenas eles são adequados. Somente Frodo tem a pureza de coração para lidar com o Um Anel sem sucumbir às suas tentações sombrias em *O Senhor dos Anéis*. Em *As Crônicas de Nárnia*, ainda que as crianças Pevensie possam parecer, à primeira vista, heróis improváveis, eles são convocados por Aslam para a grandeza — e cumprem antigas profecias.

A jornada do herói da fantasia tradicional é descrita no marco da exploração dos mitos de Joseph Campbell, *O Herói com Mil*

Faces (1949): primeiro um "chamado à grandeza", então uma consulta a um mentor, um Merlin ou um Gandalf, que explica a tarefa que se apresenta. Tipicamente, todos esses "párias" da fantasia contam com a ajuda de um grupo engajado de outros pseudodesajeitados para ajudá-los a alcançar seu destino.

Não podemos nos esquecer dos itens mágicos que esses heróis têm à mão, como anéis de poder ou espadas do destino. Elric de Melniboné, de Michael Moorcock, é um príncipe frágil e franzino, até que a espada mágica Tempestade o transforme em um poderoso guerreiro (ainda que a um grande custo). E não importa em qual versão da lenda da descoberta de Excalibur você acredite — se o rei Artur arrancou a espada de uma pedra ou a recebeu de uma dama no lago —, o importante é que em ambas ele é declarado a escolha dos deuses para governar a Inglaterra.

Mas quão desajustados são esses personagens realmente? É claro, esses garotos e homens privilegiados em geral perderam alguma coisa de sua posição no mundo, e aprendem lições valiosas ao tentar recuperá-la. Ainda assim, continuam sendo garotos e homens privilegiados.

Esse paradigma fazia sentido em seu tempo. Afinal, a maior parte dessas alegorias data de uma época pré-Iluminismo, quando as atitudes em relação às minorias eram tão intrincadas que era difícil até mesmo *conceber* um herói que não fosse um garoto ou um homem privilegiado. Era simplesmente óbvio que grandes problemas só pudessem ser resolvidos por tais pessoas. E encaremos a verdade: essas histórias eram financiadas e disseminadas justamente por esse mesmo tipo de homem.

Ainda assim, se os protagonistas desses contos são párias de verdade, é em geral apenas pelas circunstâncias, e não como resultado de algo inato. Enquanto isso, a perspectiva dos verdadeiros desajustados, aqueles considerados aberrações por sua natureza real, era ignorada. Ironicamente, eles foram excluídos até mesmo da história dos párias.

Poucos autores se dignaram a desenvolver o seguinte raciocínio: se o herói tem mil faces, por que quase todas elas são masculinas? E honestas? E de altura mediana? E de peso mediano? E por que sempre seguem as normas de gênero estabelecidas?

Os tempos mudaram. George R. R. Martin não é o primeiro autor contemporâneo a se questionar sobre quem exatamente deveria estar no centro da história. Uma parte significativa da ficção do final do século 20 é dedicada a explorar a perspectiva do pária por natureza, o "outro". Mesmo assim, ainda hoje o entretenimento popular se concentra no homem magro, heterossexual, de altura mediana e convencionalmente capacitado. Isso é ainda mais verdadeiro no gênero da fantasia, que só muito recentemente começou a explorar com seriedade histórias além daquelas do príncipe exilado ou do Escolhido que quer reivindicar seu legado.

Apesar de sua sensibilidade para com esses desajustados, ou talvez *por causa* dela, os livros de *As Crônicas de Gelo e Fogo* alcançaram sucesso comercial em um nível que poucos projetos de fantasia conseguiram antes.

Vejamos o caso de Bran Stark. Ele é jovem, confiante e aventureiro: um herói de fantasia clássico. Mas sua ousadia o leva ao desastre quando ele impetuosamente escala uma torre esquecida e flagra Jaime Lannister tendo uma relação sexual com sua irmã, a rainha Cersei. Determinado a manter o relacionamento deles em segredo, Jaime joga Bran da janela com a pretensão de matá-lo, mas apenas o incapacita fisicamente para sempre.

Na maior parte dos épicos fantásticos, esse seria o final da história do personagem. Afinal de contas, Nárnia não tem acesso a cadeira de rodas (aliás, nem Westeros). Para Martin, no entanto, esse é apenas o começo da história de Bran: ele é atirado da torre no segundo capítulo que apresenta seu ponto de vista.

Então temos Samwell Tarly, que não é chamado pelos deuses ou pelo destino para fazer nada. Ele não tem um mentor a quem recorrer para explicar-lhe detalhes da tarefa que precisa cumprir, e nenhum artefato de poder lhe é concedido. No mundo de Westeros, Sam é excluído da "grandeza" por causa de seu tipo físico: ele é gordo. Na verdade, ele é o filho mais velho da família Tarly, mas seu pai o declara inapto para a liderança em função de sua falta de força física, e lhe propõe um acordo: renunciar à sua herança e "vestir o negro" como membro da Patrulha da Noite. Isso permite que seu irmão mais novo se torne herdeiro da família, ou em breve sofra um infeliz "acidente de caça".

Já Brienne de Tarth é, de fato, uma guerreira excepcional, capaz de encarar até mesmo o poderoso Jamie Lannister em combate. A família Tarth deveria ter orgulho dela — exceto pelo fato de as grandes habilidades de Brienne não estarem de acordo com o que é considerado aceitável para seu gênero. Não ajuda, tampouco, que ela tenha um aspecto masculino típico. Então ela é rejeitada, segregada por sua família, tratada com escárnio e ridicularizada por quase todos, que a chamam ironicamente de "Brienne, a Bela".

Brienne, Samwell e Bran são nobres de nascimento, mas há algo em suas naturezas que não podem controlar, que os torna inadequados às suas posições. São decepções, até mesmo aberrações, para suas famílias e culturas.

No entanto, Martin os vê com muito mais empatia. Suas histórias são tão válidas e interessantes que os elevam a personagens de ponto de vista. Ficar incapacitado, por exemplo, faz Bran começar a ter visões. Em *A Dança dos Dragões*, ele já desenvolveu suas habilidades tanto como vidente verde, ou profeta, quanto como troca-peles, capaz de ver o mundo através dos olhos dos animais.

Em outras palavras, tornar-se incapacitado *não foi* o fim da estrada. Pelo contrário, é o momento em que sua história apenas começa a ficar interessante.

Muito tem se falado sobre o realismo chocante de *As Crônicas de Gelo e Fogo*. As pessoas morrem prematuramente e de maneiras horríveis, mulheres são estupradas ao acaso e todos sofrem além da medida. Tudo fede em Westeros, em vários sentidos. Mas o aspecto mais chocante do realismo de Martin pode ser a generosa atenção que dá às aberrações e aos párias. No decorrer da série, esses personagens fazem a diferença. Suas posições lhes garantem perspectivas únicas, diferentes da maioria, daqueles que não são excluídos, e tais pontos de vista se mostram importantes tanto para a estrutura dos livros quanto para o desenvolvimento da trama.

Quem finalmente trata Brienne com gentileza e é capaz de ver além das limitações de sua cultura, reconhecendo-a pelo que ela é? Renly Baratheon, um homossexual secretamente apaixonado pelo Cavaleiro das Flores. Aparentemente, sua própria posição de "aberração" o torna sensível à situação injusta vivenciada por Brienne. Do mesmo modo, talvez seja o passado de pária de Jon Snow, como filho bastardo de Ned Stark, que o ajude a sentir empatia por Samwell, ridicularizado e chamado de "Sor Porquinho" pelos outros membros da Patrulha da Noite (o fato de os homens da Patrulha da Noite serem todos párias não significa que não rejeitem outros também. Pelo contrário, criar códigos sociais que colocam párias uns contra os outros é um jeito eficaz de os detentores do poder manterem o controle).

Apesar de Jon apostar em Samwell, este demonstra, na maior parte do tempo, ser um caso perdido. Mesmo assim, é inteligente, e a lealdade de Jon a ele é recompensada quando Sam manipula os outros membros da Patrulha para apoiarem a candidatura de Snow como Senhor Comandante.

Algumas vezes vale a pena ser bacana com os esquisitões.

Então, todos os párias em *As Crônicas de Gelo e Fogo* são caras legais, certo? Eles aprendem lições importantes com a opressão que sofrem e vivem uma vida digna e tranquila do lado de fora dos salões do poder? Quando escrevem sobre personagens párias ou minorias, muitos autores caem exatamente nessa armadilha. Mas a ideia do "bom selvagem" — a noção de que ser o desprezado sempre confere dignidade e sabedoria — é apenas outro estereótipo. Um estereótipo bem-intencionado, é verdade, mas quase tão limitante quanto os outros. Quando a minoria ou os párias existem em uma história unicamente para ensinar lições aos membros da maioria, essa se torna, no fim, outra maneira de ver tudo a partir do ponto de vista da própria maioria.

Dito isso, é raro o personagem pária de *As Crônicas de Gelo e Fogo* cuja perspectiva não seja de alguma forma anunciada por sua experiência como segregado social.

Varys é um eunuco gordo, careca e afeminado. Também é mestre das informações, e usa seus "passarinhos" para espiar constantemente os que estão ao seu redor, manipulando a todos para fins secretos. Ele faz o que for preciso, mesmo que algumas vezes isso signifique trair amigos e aliados.

Mas quanto da paranoia e da crueldade de Varys talvez sejam o resultado do episódio horrível que vivenciou quando, ainda menino, foi forçado a tomar uma droga que o paralisou — mas não o impediu de sentir dor — para que pudesse ser involuntariamente castrado? Certamente sua perspectiva também é influenciada pelo fato de que, como adulto, a maior parte das pessoas o vê como uma aberração, e ele sabe melhor do que ninguém qual é o tipo de justiça que uma aberração costuma receber.

Também não se sabe ao certo se Varys é realmente tão egoísta quanto parece ser. Nos calabouços da Fortaleza Vermelha, Ned pede ao Mestre dos Sussurros que declare seu verdadeiro objetivo. "Paz", Varys diz, e muitas de suas ações até o momento na série podem indicar que ele estava falando a verdade.

Mesmo assim, os personagens párias de *Gelo e Fogo* nem sempre agem com nobreza. Seus caminhos, em geral, são bastante tortuosos. Martin garante às aberrações e aos párias a dignidade de viver em três dimensões.

Assim como Varys, Tyrion Lannister, chamado de "Duende" até mesmo pela própria família, algumas vezes parece ter uma moral flexível, e costuma afirmar que não se importa com nada nem com ninguém além de si mesmo. Basicamente, são apenas os códigos morais e legais de Westeros que ele rejeita — códigos que sempre favorecem os poderosos.

Durante sua prisão no Ninho da Águia de Lysa Arryn, em *A Guerra dos Tronos*, ele escapa da execução manipulando habilmente as regras. Engana Catelyn para levá-lo a julgamento e, então, exige um duelo, com o ausente Jaime como seu campeão. Isso torna tal ação virtualmente impossível. Então, Tyrion instrui seu campeão "real", Bronn, a lutar de forma que seu oponente mais habilidoso, mas com armadura mais pesada, se encontre em desvantagem.

Ficar e lutar justamente? Essa é a última coisa que Varys ou Tyrion fariam! Por que deveriam? As regras são manipuladas: elas são feitas por e para reis e príncipes com campeões bem treinados e armados. Tyrion e Varys podem não lutar justamente, mas, de qualquer maneira, não é uma luta justa desde o início. Se jogarem como se deve, os párias sempre perderão.

"Um eunuco não tem honra", Varys diz a Ned. Apenas os que não são párias podem se dar ao luxo de ter honra.

Tendo sofrido sob as regras de uma sociedade implacável, párias como Tyrion e Varys prestam muita atenção às regras, exatamente para manipulá-las e conseguirem uma chance de lutar. Também mantêm um olho atento em outros segregados, já que muitas vezes eles podem se mostrar aliados valiosos. Apesar de ter sangue nobre, Tyrion conversa convincentemente com eles, como iguais. Não é de espantar que consiga conquistar tanto os membros das tribos das montanhas, condenados ao ostracismo, quanto os selvagens.

Quando encontra Jon Snow no alto da Muralha, ele dá ao filho bastardo de Ned o clássico, mas profundo, conselho do desajustado: "Se deixá-los [aqueles que zombam de você] perceber que suas palavras o magoam, nunca se verá livre da troça. Se lhe quiserem atribuir um nome [um insulto], aceite-o, faça-o seu. Assim, não poderão voltar a magoá-lo com ele" (*A Guerra dos Tronos*).

Parece que há um grupo com laços ainda mais fortes do que aqueles da Patrulha da Noite: a irmandade dos párias.

Outro pária, o maneta Donal Noye, dá a Jon uma lição similar à de Tyrion. "Odeiam-me porque sou melhor que eles", Jon reclama ao ferreiro, depois que seus companheiros recrutas da Patrulha reagem mal a suas vitórias sobre eles no pátio de treino. Essas vitórias não são um triunfo digno de ser celebrado; a vida de relativo privilégio de Jon em Winterfell o faz um guerreiro melhor do que os camponeses que treinam com ele.

"Não", Donal responde. "Odeiam-no porque age como se fosse melhor que eles" (*A Guerra dos Tronos*).

O que não significa que a irmandade dos párias não tenha seus próprios pontos cegos, especialmente no que se refere a sexo e gênero.

Tyrion, por exemplo, se apaixona aos treze anos de idade por Tysha, uma garota que ele e seu irmão Jaime resgataram de alguns bandidos. Ela também o ama, e eles se casam em segredo. Mas quando Tywin Lannister descobre o relacionamento, cruelmente ordena que Jaime conte ao irmão que a garota é uma prostituta que foi paga para agir como se amasse o Duende. Depois, Tywin exige que toda a sua guarda estupre a garota, e obriga Tyrion a fazer o mesmo, mas por último. Depois disso, Tyrion parece incapaz de engatar um relacionamento saudável e emprega uma longa fila de prostitutas a serviço de sua libido.

Os detalhes de sua vida sexual são humilhantes, pelo menos de seu próprio ponto de vista. Mas o fato de que Tyrion tenha uma vida sexual não é, em si, humilhante, já que a série permite até mesmo a esse pária a dignidade de ter uma sexualidade, enquanto em outras narrativas esse direito havia sido negado a anões e outras "aberrações" ficcionais.

Posteriormente, quando se casa com Sansa, ele não a força sexualmente, apesar de ter a oportunidade de fazer isso. É difícil não concluir que tal decisão esteja ligada ao seu histórico sexual, sem mencionar sua experiência como um pária.

No entanto, por mais que as experiências de Tyrion sejam traumatizantes, devemos lembrar que é Tysha, no fim das contas, quem sofre o estupro grupal. E quanto às muitas prostitutas, que devem se submeter a ele e a tantos outros homens em troca de dinheiro? O que dizer da sexualidade da maioria das personagens femininas na série? Aquelas que não são estupradas abertamente em algum ponto da história vivem com a ideia de que tal degradação sexual é uma possibilidade muito real.

Um forte argumento contra esse conteúdo brutal é que a violação sexual das mulheres em *As Crônicas de Gelo e Fogo* torna-se muito onipresente, quase trivial, a ponto de obscurecer outros aspectos dos livros. Como homens reagiriam ao ler uma história épica escrita por uma mulher na qual praticamente cada capítulo apresentasse um homem sendo estuprado?

O contra-argumento postula que, ao apresentar todos os estupros e a prostituição de modo tão casual, Martin aborda a questão das mulheres e da impotência delas, talvez até mesmo a partir de um aspecto irônico: elas são o máximo dos párias. Sua degradação completa e perversa é tão comum que quase ninguém em Westeros percebe. Para a maioria dos personagens — entre eles Tyrion, um arguto observador, e tantas outras personagens femininas —, a violência ininterrupta contra as mulheres é quase sempre invisível.

Essa violência, é claro, faz parte da história não só em Westeros e Essos, mas ela se faz muito presente no mundo real. Seria mais visível em nossos livros de história e museus?

A história, dizem, é escrita pelos vitoriosos.

Contudo, nem todo personagem da série é um pária. Aqueles que não tendem a sê-lo (rainhas, reis e membros da realeza) estão ocupados em governar. Infelizmente, a maioria desses privilegiados tende a ser mesquinha, tola e facilmente manipulável, como Lysa Arryn e até mesmo o rei Robert; ou, então, é representada por completos tiranos, como Aerys, Cersei, Joffrey e Tywin. E ai do mundo se Viserys Targaryen, irmão de Daenerys, tivesse chegado a se tornar rei!

Outros podem se tornar párias ao longo da narrativa — não necessariamente como resultado de algo em sua natureza fundamental, mas pela evolução das circunstâncias. Esses são os enredos de fantasia mais tradicionais dos párias em *As Crônicas de Gelo e Fogo*, mas ainda vale a pena examiná-los.

Daenerys pode ser uma pária em virtude de seu gênero, e de outra forma, ainda, por conta de sua raça e nacionalidade em relação ao povo que está tentando liderar, mas ainda é uma pessoa privilegiada. Embora seja mulher, seu enredo pode ser o mais clássico da fantasia nos livros: um membro da família real no exílio, tentando reivindicar o trono, recebe o benefício de vários mentores e um item mágico (no caso de Daenerys, três ovos de dragão). Se seu destino é real ou não, ela certamente *acredita* nele, tanto que é imune ao fogo.

Ela começa a saga de *Gelo e Fogo* como uma tímida garota de treze anos de idade totalmente dependente do irmão mais velho. A experiência do exílio em Essos — o que a torna, de fato, uma pária — provoca mudanças na garota. Ela cresce com os acontecimentos, mas Viserys, não. Todo o arco de sua história ao longo da série é o de alguém que viu seu mundo lhe ser tirado, mas que lentamente começa a reconstruí-lo de um jeito ainda mais grandioso. No processo, Daenerys é completamente transformada. Para ela, a experiência de ser segregada constrói seu caráter, a torna mais forte, de um modo que ela jamais teria imaginado. É o triunfo máximo da fantasia tradicional dos párias.

Até mesmo Jaime Lannister descobre uma nova perspectiva quando se torna um tipo de pária depois Vargo Hoat cortar-lhe a mão. Primeiro, ele cai em profunda depressão e perde a vontade de viver. Com o tempo, Brienne o convence a sair do desespero; Jaime fica tão agradecido a ela que mais tarde a resgata de Vargo e depois a salva mais uma vez da morte nas mãos de Loras Tyrell. Quando finalmente se reúne com Cersei, Jaime percebe o quanto mudou e que o relacionamento deles está irrevogavelmente condenado. Suas perspectivas mudaram tanto que ele até mesmo confessa um pecado imperdoável para Tyrion: que estava mentindo quando disse que Tysha não o amava.

Perca sua mão, ganhe algum caráter. É uma correlação direta.

Eis o que sabemos sobre o mundo de *As Crônicas de Gelo e Fogo*: a experiência privilegiada da maioria dos membros da realeza os leva ao desastre moral. O sistema político pode dizer o contrário, mas nós, leitores, sabemos que essas pessoas não são adequadas para governar, independentemente de seus genes, sua riqueza ou seus exércitos.

Eis o que mais sabemos: os personagens que são párias como resultado de algo em sua essência tendem a ser mais sensíveis ao sofrimento dos outros, especialmente de seus semelhantes. Assim como no mundo real, nada é preto no branco, mas é bom contar com Jon Snow ao seu lado, e você provavelmente terá mais sorte com Tyrion do que com qualquer um dos outros Lannister.

No fim das contas, aberrações e párias tendem a ser pessoas que valem a pena conhecer. Mesmo aqueles personagens nobres que se tornam marginalizados mais pelas circunstâncias do que por sua natureza tendem a ganhar perspectivas de mundo que os tornam mais fortes. Em outras palavras, pode ser vantajoso seguir a mulher com os dragões de estimação, e é definitivamente melhor dar de cara com Jaime Lannister sem uma das mãos do que com as duas.

Após cinco livros, parece bastante claro que ninguém é vencedor no jogo dos tronos, pelo menos não por muito tempo. Mas quando se trata de ser uma pessoa melhor, pode não ser má ideia ser expulso do castelo.

Brent Hartinger é autor de muitos livros, a maioria deles para adolescentes, incluindo o romance gay teen *Geography Club* (adaptado para o cinema) e suas quatro sequências. Seus outros livros incluem *Shadow Walkers*, um romance paranormal, e *Three Truths and a Lie*, um thriller psicológico ainda a ser publicado. Saiba mais sobre ele e seu trabalho em brenthartinger.com.

Poder e Feminismo em Westeros

Caroline Spector

O uso e o abuso do poder é um tema constante em *As Crônicas de Gelo e Fogo*, de George R. R. Martin. Em Westeros, o poder, grande ou pequeno, inevitavelmente corrompe, não importa quem o detenha ou a natureza de sua causa. Até mesmo quando as mulheres marginalizadas de Westeros conseguem a autonomia de que precisam por meio do poder, uma vez que começam a exercê-lo, elas inexplicavelmente caem na mesma armadilha de corrupção que acomete os homens.

O feminismo, em seu âmago, diz respeito ao empoderamento das mulheres, tanto na forma de poder político (por exemplo, o direito ao voto) quanto na de poder pessoal. Manter o poder na esfera política possibilita às mulheres ter a mesma influência na sociedade que os homens. Já o poder pessoal as capacita para fazer escolhas sobre suas próprias vidas: decidir com quem se casam, consentir ou não o sexo, exercer a profissão que desejarem — em resumo, o poder pessoal dá às mulheres o direito de escolher a vida que quiserem viver sem serem subjugadas por outras pessoas.

Tanto homens quanto mulheres são oprimidos pela estrutura de poder existente em Westeros. Isso se aplica especialmente a personagens que não correspondem às normas vigentes de gênero, tais como Brienne, uma mulher "masculina"; Varys, um rapaz "feminino"; Samwell Tarly, um rapaz que põe em xeque seu papel masculino por ser gentil e amável; e Asha Greyjoy, uma poderosa líder de homens. Mas são as mulheres que obviamente mais precisam de voz própria. Isso não quer dizer que elas não tenham poder, mas, em geral, seus caminhos para chegar até ele são restritos. Asha, por exemplo, detém muito respeito para uma mulher em Westeros, mas não o suficiente para que os homens que ela comanda a elejam para a Cadeira de Pedra do Mar, embora ela seja, de longe, a melhor escolha para a posição. Um governo absoluto de uma mulher é um acontecimento quase inédito. Daenerys Targaryen é um exemplo notável e perigoso em todos os sentidos, porque sua própria existência põe em risco a atual estrutura de poder.

Críticos da série apontam exemplos de agressões sexuais nos livros, a ausência de mulheres em posições de poder e as armadilhas da fantasia medieval como justificativa para a falta de perspectiva feminina na história. Essa análise sofre com a noção de que, ao escrever sobre alguma coisa — por exemplo, estupro —, o autor de algum modo esteja endossando esse tipo de comportamento ou apenas explorando o tema em questão. Isso gera uma análise superficial e simplista do texto, pegando exemplos fora de contexto e fracassando em olhar para o aspecto mais amplo da obra.

Confundindo expectativas

No decorrer de *As Crônicas de Gelo e Fogo*, Martin estabelece alegorias convencionais da fantasia medieval e então as desconstrói, muitas vezes revelando as influências corruptoras em seu âmago. Se a imagem tradicional do cavaleiro é um homem de coragem e valor, ele a subverte com figuras brutas, como Sandor Clegane. Se as mulheres devem ser virtuosas, puras e indefesas, o leitor é apresentado a Cersei Lannister. Ainda que funcione de certo modo como a tradicional "Rainha Má", ela é mais do que essa simples alegoria. Conforme a série progride, torna-se claro que ela está presa pelas expectativas da sociedade e que lhe falta a habilidade para ver como seus defeitos pessoais e éticos mutilam sua busca por poder e respeito. Ela é perversa e patética ao mesmo tempo.

Na fantasia épica, deve haver uma luta monumental de algum tipo. Em geral, um conflito grave e destruidor entre as forças do bem e do mal que ameace a todos ou às partes mais civilizadas de dado universo. Em *As Crônicas de Gelo e Fogo*, a ameaça à civilização se reflete no lema dos Stark: "O Inverno está chegando". O Inverno, em Westeros, pode durar vários anos, o que não apenas desfaz a progressão natural das estações, como também traz riscos sobrenaturais de além da Muralha. Essa frase paira sobre Westeros como uma sentença de morte. Promete uma ameaça que, se essa fosse uma narrativa de fantasia tradicional, exigiria uma reunião dos cavaleiros da corte para derrotar os agentes do mal e, assim, prevenir a destruição do pacífico condado ou ducado que serve como coração de um reino idílico e moralmente correto.

Mas Westeros e seus arredores são tudo, menos idílicos. Martin constantemente expõe as falhas da cultura de seu universo, destaca os fracassos morais de seus líderes e as decepções no âmago de suas instituições mais valiosas. A supostamente nobre Patrulha da Noite é povoada por estupradores. Os herdeiros do trono são os frutos de um adultério incestuoso. As lendas dos homens heroicos que protegem mulheres indefesas não passam de mentiras, e, o que é pior, propaganda que pretende encorajar as mulheres a aceitar sua impotência.

As inquietações dos personagens femininos, em particular, são fundamentais para ilustrar a desconexão entre as ilusões da sociedade sobre si mesma e a angustiante realidade.

Sansa Stark: a boa moça

Quando *A Guerra dos Tronos* começa, Sansa parece um exemplar das virtudes femininas, como a elite de Westeros a define. É dócil, bonita, destaca-se no bordado e se deleita com os privilégios por ser filha de Lorde Eddard Stark. Em resumo, ela é um membro da nobreza — e é insuportável. Pedante e arrogante, ela irrita e é irritada por sua irmã, a menina-moleque Arya.

Ainda que inicialmente possa parecer que Sansa Stark está apaixonada pelo jovem príncipe Joffrey, o que ela realmente ama é o mito central de sua cultura — um rei gentil e sábio, príncipes nobres e bons, damas que devem ser belas e se comportar de maneira elegante. Ela continua a acreditar nesses mitos mesmo quando os acontecimentos se desenrolam da forma contrária.

Um dos primeiros incidentes que revela as rachaduras na fachada do mundo de Sansa acontece quando Joffrey, herdeiro do trono e prometido da moça, agride um garoto camponês, Mycah, que estava brincando de duelo com Arya Stark. Durante o curso desse encontro fica claro para o leitor, se não para Sansa, que Joffrey é um tirano covarde, e não o modelo de perfeição principesca que ela presume que ele seja. Joffrey tenta incitar Mycah a lutar com ele, e Arya se adianta para proteger o amigo, que foge; como camponês, Mycah sabe que qualquer confronto com a nobreza pode resultar em morte. Enraivecido, Joffrey se volta contra Arya, mas a loba gigante de estimação da menina, Nymeria, a protege.

Apesar de testemunhar o comportamento horrível de Joffrey contra uma pessoa de posição inferior e de vê-lo tentar machucar sua própria irmã, Sansa se agarra à crença de que ele é gentil e bom. Está tão imersa em sua visão de mundo que não questiona suas crenças nem mesmo depois de ela própria se tornar vítima da raiva de Joffrey. Mais tarde, quando questionada pelo rei Robert, mente e afirma não se lembrar do que aconteceu. Ela foi cooptada pela cultura patriarcal de Westeros, e é só depois, com a injusta execução de seu pai e a perda de todos os seus privilégios reais, que começa a enxergar a verdade por trás do mito.

Nesse meio tempo, no entanto, ela é completamente favorável à cultura e à estrutura de poder em Westeros, e o funcionamento disso é mostrado em plenitude no incidente com Mycah. As crianças envolvidas têm entre nove e treze anos de idade, e mesmo assim já estão perfeitamente cientes das regras draconianas de sua sociedade. Quando Arya defende Mycah contra Joffrey, ela ultrapassa os limites do comportamento aceitável (como fará em grande parte da série) e, ao fazer isso, toma uma parte do poder tradicionalmente masculino para si. Este ato é em si transgressor, e tanto Arya quanto Mycah sabem que estão correndo grande perigo físico, embora Mycah perceba isso antes. Quando Arya finalmente compreende o perigo que ela e Nymeria estão correndo, manda a loba gigante embora para impedir que o animal seja morto. Em um lance impressionante de injustiça, a loba de Sansa, Lady, é morta no lugar de Nymeria. De certo modo, a perda da loba representa a perda de conexão de Sansa com a Casa Stark, cujo símbolo é o lobo gigante.

Mais importante, o incidente do duelo de brincadeira e suas consequências não apenas prenunciam os eventos que ocorrerão em Porto Real, mas também servem de exemplo de como essas posições de autoridade exercem poder quase absoluto sobre todos em Westeros (e, embora os homens também sejam limitados por esse sistema, eles têm muito mais atuação do que as mulheres e, de fato, exercem controle quase total sobre elas). Uma simples discussão entre crianças se transforma em um incidente político, e castigos terríveis são destinados tanto a jovens quanto a adultos — sem nenhuma concessão em razão da idade.

Muitos leitores consideram extrema a penúria de Sansa durante o primeiro livro e o restante da série. Ela passa grande parte do tempo como cativa na corte de Cersei e Joffrey depois que seu pai é assassinado. Durante esse período, descobre a verdadeira natureza dos Lannister e quão instável é seu próprio lugar nesse mundo, com seu pai morto e declarado traidor. Depois disso, cai sob a proteção duvidosa de vários homens e é usada como peça nas conspirações de outras pessoas. Sobrevive a tudo isso usando as únicas ferramentas que desenvolveu dentro da cultura de Westeros: sendo submissa e escondendo seus reais sentimentos.

Em grande medida, a inabilidade de Sansa em reconhecer a distância entre mito e realidade a mutila. Ela realmente acredita nas regras que lhe ensinaram sobre a sociedade e seu lugar dentro dela. E por que não abraçaria a cultura de Westeros? É a filha mais velha de uma família poderosa e foi criada sabendo que um dia se casaria com o membro de outra família poderosa. Uma vez que se tornou prometida de Joffrey, tinha todos os motivos para acreditar que seria rainha. E o mundo ao redor dela constantemente reforça a noção de que suas próprias "virtudes" a levaram até essa posição privilegiada. Além disso, são esses mesmos traços que a tornam incapaz de agir uma vez que esses sonhos são esmagados e a realidade toma seu espaço.

Sansa é mal equipada para a época caótica na qual se encontra. É passiva, temerosa e, muitas vezes, fecha os olhos para a realidade diante de si. Das mulheres discutidas aqui, é a única que fracassa em se defender e assumir seu poder pessoal. Com o tempo, até mesmo parece perder o controle de sua própria identidade, quando precisa se passar por Alayne Stone, filha ilegítima de Lorde Baelish. Mindinho lhe diz que isso é para sua proteção, mas ele tem outros planos: pretende usá-la para reivindicar Winterfell. Para seu crédito, Sansa, que até esse ponto tinha sido surpreendida pelas armações ao seu redor, parece entender as intenções de Baelish. Ao ser exposta à corrupção contínua, está aprendendo lentamente a não confiar em ninguém e a adivinhar o jogo envolvido em cada ação.

No entanto, esses pequenos e aparentemente positivos passos não conseguem convencer totalmente o leitor de que Sansa possa ter se livrado de suas ilusões. É por causa de sua passividade que ela assume distintos papéis tão facilmente. Ela segue sonhadora e passiva, permitindo que Baelish mude o curso de sua vida, nunca tomando uma iniciativa. Em situações nas quais poderia começar a conquistar algum poder pessoal, recusando-se a participar dos planos de Mindinho — ou, como sua irmã Arya, inventando planos por conta própria —, Sansa permanece sendo um peão passivo.

Nisso, ela cumpre o papel da princesa tradicional na fantasia medieval. Ao lhe atribuir esse papel, Martin destaca um ponto poderoso a respeito dos perigos inerentes à fantasia: como mitos fantasiosos escondem — e perpetuam — uma estrutura social fundamentalmente opressora. A cada momento, a realidade de Sansa é destruída. Ela não tem experiências com cavaleiros puros e completamente altruístas, porque eles não existem no mundo real. Seu príncipe demonstra ser um tirano e sociopata.

Depois da morte de seu pai, cada homem que tenta ajudá-la ou é fraco ou tem a intenção de usá-la para seus próprios fins. E, na medida em que não consegue aceitar o mundo como ele é, e não como as histórias reconfortantes lhe disseram que devia ser, ela permanece impotente.

Arya Stark: a rebelde

Se Sansa é a boa moça, então Arya é, de muitas maneiras, o extremo oposto: a rebelde, que se aborrece com tudo o que seja considerado "feminino". Não dá a mínima para costura, música ou vaidade; prefere disparar flechas, aprender a lutar com uma espada e brincar de luta com Mycah, o garoto camponês.

Graças a isso, tem as ferramentas para sobreviver depois que seu pai é assassinado, mas paga um preço terrível. Ayra é despojada de sua inocência emocional. Raiva e amargura pelo que foi feito com ela e sua família a consomem.

Como Sansa, ela muda sua identidade durante a série. Enquanto o pai era vivo, as duas eram Stark, membros da nobreza de Westeros. Uma vez que Ned é morto, suas identidades ficam confusas. O gênero feminino faz com que suas identidades dependam largamente do poder masculino — a posição, a posse de terras e a riqueza de seus pais ou maridos. Tire isso e elas se tornam, na essência, ninguém, pessoa alguma. Disfarces são essenciais para uma jovem mulher em constante perigo de ser presa, estuprada ou morta — especialmente se ela tiver alguma utilidade como peça política. Mas um disfarce também pode ser uma ferramenta com a qual uma personagem pode se refazer.

Inicialmente, parece que os disfarces usados por Arya — suas novas identidades — são moldados por outros. Mas ela nunca é tão passiva quanto Sansa; prova que é capaz de se defender com sua espada Agulha ou simplesmente com os punhos. Mesmo assim, Yoren raspa sua cabeça e a apelida de Arry, e, por um tempo, ela segue sua liderança — uma escolha que a coloca em perigo. No entanto, a vontade abandonar seu gênero demonstra sua compreensão do funcionamento do poder em seu mundo. Como menino, ela pode fazer coisas que lhe seriam negadas como menina. E, no final de *A Fúria dos Reis*, passa a ter controle total de sua identidade e de seu destino, primeiro enganando Jaqen para ajudá-la no levante em Harrenhal — para resgatar os nortenhos que haviam lutado com seu irmão, Robb —, e então se reformulando como Nymeria e trilhando seu caminho até a liberdade.

Arya é uma das personagens mais resistentes de *As Crônicas de Gelo e Fogo*. Ela sobrevive graças à sua inteligência, coragem e, talvez o mais preocupante, sua ira. Ao contrário de Sansa, que flutua passivamente pelos perigos da vida, ela insiste em manter o controle. Em uma série na qual a maior parte dos personagens simpáticos morre ou é transformado de modos horríveis, Arya garante ao leitor uma tênue esperança de justiça — mesmo que ela venha pintada com as cores da violência.

Ainda assim, sua história também é um conto de advertência. Como todos os personagens da série, ela encontra-se desafiada e marcada pelo poder. Embora prove ser magistral em explorar o poder quando tem oportunidade, o custo emocional de lutar por cada migalha dele é bastante alto. Aos dez anos de idade, já está acostumada a matar. Quando acaba em Bravos, na Casa do Preto e Branco, é obrigada a sacrificar todos os vestígios remanescentes de Arya Stark a fim de conseguir habilidades que a ajudarão a se vingar. Desiste de seu nome, de sua família e de suas posses, trapaceando só um pouco ao manter sua amada espada Agulha — ainda que este ato aparentemente lhe custe a visão, ao final de *O Festim dos Corvos*.

Apesar de ser um um conto de advertência, o retrato de Arya é predominantemente positivo. Ela se curva, mas não quebra, prova que aqueles que têm o poder negado podem, em caso de necessidade, desenvolver meios de sobrevivência.

Brienne de Tarth: a isolada

Se Arya e Sansa são polos opostos, Brienne refere-se a algo ainda mais raro em Westeros. É uma mulher que se move pelo mundo tendo assumido a maior parte dos atributos de poder masculino.

Brienne usa armadura, carrega uma espada, é melhor em combate do que a maioria dos homens e não aceita ser menos que um cavaleiro — ainda que sua noção de cavalaria, assim como a de Sansa, seja muito romantizada. Também como Sansa, ela mantém sua visão romântica em face de infinitas evidências do contrário.

Brienne sofre muitas agressões nos livros, pelas mãos de cavaleiros "da corte". Em *O Festim dos Corvos*, se abre para o Irmão Mais Velho durante sua missão para encontrar Sansa Stark. É uma cena comovente, na qual ela expões todas as dificuldades de sua vida:

> Sou a única criança com quem os deuses permitiram que ficasse. A anormal, que não serve para ser um filho *ou* uma filha — tudo jorrou então de Brienne, como sangue negro de uma ferida; as traições e os noivados, Ronnet Vermelho e sua rosa, Lorde Renly dançando com ela, a aposta sobre sua virgindade, as lágrimas amargas que derramara na noite em que seu rei se casou com Margaery Tyrell, o corpo a corpo em Ponteamarga, o manto arco-íris de que tanto se orgulhara, a sombra no pavilhão do rei, Renly morrendo em seus braços, Correrrio e a Senhora

> Catelyn, a viagem ao longo do Tridente, o duelo com Jaime nos bosques [...].

Todos esses episódios de sua vida mostram o fardo que ela carrega por desafiar as expectativas culturais. Como ousa não nascer linda, não se conformando com a aparência que uma mulher "deveria" ter? Como tem coragem para usar uma armadura masculina em vez de roupas mais condizentes com uma dama? E como se atreve a mostrar suas habilidades como guerreira, as quais certamente vão contra o ideal feminino em Westeros?

Brienne se recusa a adaptar-se, mesmo que deseje algumas das coisas que resultariam de ser uma mulher mais condescendente. É romântica, não diferente de Sansa, ainda que suas expectativas de ser recompensada pela sociedade sejam muito mais baixas, um resultado de seu comportamento não convencional. É profundamente apaixonada por Renly Baratheon, um dos cinco reis que reivindicam o Trono de Ferro. Seu amor é tão grande que ela lhe oferece a única coisa à qual ele pode dar valor: sua vida. Ela se junta a ele em sua marcha para Porto Real e, mais tarde, integra a Guarda Arco-Íris. Apesar de provar sua capacidade em Ponteamarga, é vista com desprezo no acampamento de Renly e vira alvo de brincadeiras sobre sua aparência, assim como objeto de apostas grosseiras sobre qual cavaleiro tiraria sua virgindade.

A suposição dos outros guerreiros de que a sexualidade de Brienne é algo a ser coagido ou domado, e não algo sobre o qual ela tenha controle, revela uma percepção mais ampla sobre as mulheres de Westeros. Assim, também, as rejeições que Brienne sofre se multiplicam por ela não ter um semblante belo. Suas habilidades como cavaleiro não têm importância — de tempos em tempos ela é recordada de que a função primária de uma mulher é ser atraente para os homens.

Quando Renly é assassinado, Brienne é acusada pelo crime. Ela e Catelyn Stark fogem juntas e, depois de um tempo, Brienne jura lealdade a Catelyn, aceitando a tarefa de trocar Jaime Lannister por Arya e Sansa Stark. Sua devoção a essa tarefa permanece inabalável, independentemente do custo pessoal. Nisso, ela continua a ser um exemplo resplandecente de honra e dedicação, em um mundo no qual esses valores são pouco praticados.

Como suas ações fogem total e consistentemente das normas sociais, Brienne fornece uma lição dura de como as mulheres que ousam assumir o poder masculino são julgadas e tratadas, não só em Westeros, mas em todas as sociedades convencionalmente patriarcais. Ela também continua a ser um poço desolador de contradições. Abraça os ideais românticos de sua cultura, tanto emocionalmente quanto por meio de suas ações, mas segue sendo traída pelo mundo real, apenas porque não pode se tornar a mulher ideal das lendas de Westeros.

Cersei Lannister: a rainha má

Não há dúvidas de que Cersei Lannister seja um dos personagens mais temíveis, cruéis e moralmente falidos de *As Crônicas de Gelo e Fogo* — e isso diz muito. Ainda que ela esteja de acordo com a maioria das convenções externas de feminilidade em Westeros — é bonita, tem boas maneiras e é obediente... Ou aparenta ser —, no momento em que a série se inicia ela já não suporta mais seu universo controlado por homens.

Em *A Guerra dos Tronos*, Cersei comete uma série de atitudes sombrias. Em um ato sádico de vingança, exige que a loba gigante de Sansa, Lady, seja morta. Depois colabora com a morte de seu marido, desencadeando uma sequência de horrores. Consegue prender Ned Stark e declará-lo traidor. Coloca seu filho sociopata, Joffrey — resultado de um romance com seu irmão, Jaime — no trono, na esperança de governar Westeros por meio dele. O tempo todo, ela está manipulando quem for preciso para atingir seus próprios fins.

Cersei é uma massa de ira feminina, em grande parte justificada. Seu casamento arranjado, um relacionamento que ela realmente queria (tornando-a uma das mulheres mais sortudas de Westeros), foi arruinado já na noite de núpcias, quando Robert chega bêbado ao leito, pronunciando o nome de outra mulher. Ela nunca se esquece dessa falta de respeito, e seu matrimônio se torna um meio para humilhar Robert de todas as maneiras possíveis. Como Sansa, ela é privilegiada e desfruta de todos os benefícios que isso implica, mas, magoada pelas muitas traições do marido, abandona as regras sociais que restringem seu comportamento.

Cersei se esforça, de todas as maneiras, para conquistar poder. Dorme com seu irmão gêmeo e deixa os frutos desse relacionamento passarem como herdeiros do trono. Em Westeros, como em muitas sociedades patriarcais, o poder de um homem não está só em si mesmo, mas também em sua linhagem de filhos. Cersei usurpa a linha sucessória, colocando no lugar dos filhos de Robert os de outro homem, um ato que é tanto traição quanto o máximo da emasculação. Os únicos filhos que se sentarão no Trono de Ferro após a morte de Robert pertencem exclusivamente à linhagem Lannister. Que sejam filhos de seu irmão gêmeo implica um espelhamento de si mesma na criação deles, uma declaração surpreendente de controle e autodefinição.

Cersei toma medidas para lidar com suas frustrações. Contudo, nada do que faz é muito diferente do comportamento de qualquer outro rei que tenha se sentado no Trono de Ferro. Por exemplo, uma das decisões mais marcantes de Robert Baratheon na série é enviar um assassino para matar Daenerys Targaryen. Assassinato como ferramenta política é um jogo justo tanto para rainhas quanto para reis. Os Targaryen frequentemente se casavam com suas irmãs, tornando o incesto de Cersei menos anormal do que poderia parecer. A história do Trono de Ferro é de brutalidade, assassinato e manipulações, e Cersei está simplesmente utilizando as mesmas ferramentas para alcançar suas aspirações ao poder.

Como Arya e Brienne, ela exerce o poder adotando estratégias e comportamentos do patriarcado em vez daqueles reservados às mulheres. Mas enquanto ela é julgada e criticada, homens que usam táticas similares são vistos como lendas. Nisso, ela revela a hipocrisia no coração da cultura de Westeros, tanto quanto a pobre e iludida Sansa.

Daenerys Targaryen: a nova mulher

Daenerys Targaryen é a mulher mais poderosa do universo de Martin. É apresentada, em *A Guerra dos Tronos*, como uma garotinha aterrorizada, de vontade fraca, que não deseja nada além de agradar seu irmão violento e ajudá-lo a reconquistar o Trono de Ferro — ao escolher a passividade, ela não difere muito de Sansa, embora seus caminhos pela vida terminem sendo muito distintos. Ao final de *A Guerra dos Tronos*, ela imola a si mesma na pira de seu marido e se ergue magicamente das cinzas com três filhotes de dragão. Os dragões haviam sumido de Westeros havia centenas de anos, e, ao despertar esses animais, Daenerys também desperta em si o conhecimento místico de que *ela* — e não seu irmão, Viserys — pode ser a verdadeira herdeira do Trono de Ferro.

Sua jornada, de noiva criança até a primeira mulher governante de um *khalasar,* é um dos exemplos mais dramáticos de empoderamento feminino em *As Crônicas de Gelo e Fogo*. Mas a trajetória dela não é tranquila — nem para a personagem, nem para os leitores. O mais óbvio deles é o fato de que ela se apaixona por Khal Drogo. Para um leitor moderno, isso é inevitavelmente problemático — com apenas treze anos, ela dificilmente poderia ter consentido com seu casamento, muito menos com os atos sexuais que se seguiram a ele. Contudo, na sociedade de Westeros, sua idade é adequada para o casamento, uma vez que está fisicamente madura para gerar uma criança. Sua maturidade emocional e o desejo pessoal pela união são irrelevantes em uma cultura na qual o papel da mulher é dar filhos ao homem e submeter-se a ele.

Daenerys é vendida a Khal Drogo por seu irmão, cujo objetivo é usar os homens do *khalasar* para invadir Westeros e reconquistar o trono que acredita ser seu por direito. E Daenerys entende que ser entregue a um selvagem poderoso para firmar uma aliança política e militar é simplesmente parte do papel que a mulher deve desempenhar em sua cultura.

É claro que Viserys vem abusando emocionalmente de Daenerys há anos. Também é claro que ela internalizou esse abuso, pois sempre busca justificativas para o comportamento dele. Ela aceita sua submissão em relação ao seu irmão, sua posição e casamento obrigado, mesmo que tema o resultado. Como Sansa Stark, Daenerys não questiona o mundo no qual vive.

Por ser trocada como um bem e forçada a um casamento sobre o qual não tem voz, a primeira experiência sexual de Daenerys é como vítima de estupro nas mãos de seu novo marido. Ainda que tenha se deitado "voluntariamente" com Khal Drogo, não se pode dizer que tenha consentido. Ela não quer fazer sexo com ele. Sua concordância com o ato ocorre sob coerção. E, como não tem voz própria, não pode realmente concordar com seu papel na barganha que Viserys fez.

Pelos padrões modernos, e não os de Westeros, a idade e a coerção tornam cada encontro sexual que Daenerys tem com Khal Drogo um contínuo estupro marital. Com o tempo, ela assume o controle de sua vida sexual, depois de aprender modos de manipular a sexualidade de Drogo. Pode-se argumentar que essa foi a maneira que encontrou para recuperar o poder. Contudo, o conto da mulher que se apaixona por seu estuprador é extremamente difícil de ser tolerado por muitos leitores.

E talvez não devamos tolerá-lo.

Há uma quantidade enorme de violência contra a mulher em *As Crônicas de Gelo e Fogo*, e seu retrato é uniformemente negativo. Estupro e violência sexual, tanto de "protetores" quanto de estranhos, são ameaças persistentes para todas as personagens femininas. Robert Baratheon, embriagado, estupra Cersei; quando ela diz que ele a machucou, ele culpa o álcool. Sansa, Arya e Brienne vivenciam ameaças verbais de violência sexual dos mais variados homens. O risco onipresente na vida dessas mulheres cria um ambiente de opressão sexual. A indiferença dos outros personagens em relação a esses episódios reforça o quanto a aceitação da violência contra a mulher está entranhada nessa cultura.

Dadas as circunstâncias, Daenerys tem apenas duas opções reais. Ela pode resistir a Khal Drogo — perdendo posição tanto para si quanto para Viserys — ou encontrar uma maneira de viver com essa situação. Ela escolhe a última opção. Assim, começa a ganhar poder, primeiro por meio de Khal Drogo, que lhe garante tanto proteção quanto a autoridade que resulta de ser sua companheira, e, mais tarde, por sua própria atitude, quando emerge ilesa da pira funerária de Drogo com os filhotes de dragão. É somente com a morte dele que ela se torna capaz de trilhar seu próprio caminho pelo mundo, em grande parte livre do controle masculino.

É claro, nenhum poder é alcançado de graça. Enquanto reúne um exército, Daenerys começa a sacrificar aspectos de sua personalidade. Torna-se mais dura e menos compassiva, e suas escolhas tornam-se menos pessoais. A doçura que tinha no começo da série é lentamente apagada conforme ela conquista mais e mais poder.

O preço a ser pago

Essas personagens femininas, juntamente com várias outras da série, são um grupo impressionante de mulheres poderosas que trilham seu caminho em um mundo patriarcal, no qual o simples fato de ser mulher lhes nega poder.

Sansa, Arya, Cersei, Brienne e Daenerys estão em jornadas para criar um lugar no mundo para si mesmas, em face aos obstáculos colocados em seus caminhos por uma sociedade opressiva. Embora suas trajetórias em direção à autonomia sejam distintas, a maioria delas busca a mesma coisa: controle sobre a própria vida.

Sansa perde seu poder na sociedade depois que seu pai é morto. Vive fustigada por outros, recusando-se a tomar qualquer atitude que possa criar uma vida mais autônoma para si mesma. Arya busca se vingar daqueles que a prejudicaram assumindo poder onde e quando pode — não importando que esse poder a distancie cada vez mais da garota que foi um dia. Cersei assume o poder por meio da fraude, da manipulação e dos assassinatos. Não se importa com a forma como esse poder a afeta, pois ele é a única coisa que entende e valoriza. Brienne adota as armadilhas do poder masculino, ainda que isso a torne uma pária e motivo de piadas. Seu poder é anulado pela aversão que sente de si mesma e pela falta de aprovação da cultura ao seu redor. Daenerys é a única mulher que tem a própria vida em suas mãos. Órfã e viúva, possui poder real — na forma dos dragões, em sua própria natureza possivelmente mágica e nos guerreiros sob seu comando —, e não há homem que a governe.

Infelizmente, o poder cobra um alto preço de todas essas mulheres, assim como acontece com os homens que o detêm. Essa é a sua natureza em *As Crônicas de Gelo e Fogo*.

Em Westeros, George R. R. Martin criou um mundo brutal, no qual atos indescritíveis são comuns, no qual os papéis de poder atribuídos a homens e mulheres são claramente desiguais, e no qual elas precisam brigar, roubar e lutar por cada grama de autonomia. As histórias de Arya, Cersei e de todas as outras personagens femininas são duras, mas elas mostram com ainda mais dureza a sociedade e as mentiras que envenenam seu âmago. E é onde Martin faz algo notável. No meio do que parece ser uma fantasia tradicional de poder masculino sobre guerra e política, ele se serve de uma descrição sombria, realista e angustiante do que acontece quando as mulheres não estão plenamente empoderadas em uma sociedade. Ao criar tais personagens femininas diversas e completamente formadas, e jogando-as nesse mundo triste e amargo, Martin criou um conto subversivamente feminista.

Caroline Spector é editora e escritora de ficção científica, de fantasia e da área de jogos há 25 anos. Mais recentemente, teve histórias publicadas na coleção Wild Cards: *Inside Straight*, *Busted Flush* e *Suicide Kings*. Antes de se juntar à franquia Wild

Cards, Caroline escreveu três livros — *Scars*, *Little Treasures* e *Worlds Without End* —, obras que foram publicadas em inglês, francês, alemão e húngaro. Escreveu e editou vários módulos de aventuras e livros-fonte de jogos da TSR, entre eles, os notáveis *Top Secret/S.I.* e *Marvel Super Heroes Roleplaying*, por conta própria ou em coautoria com seu marido, uma lenda no mundo dos jogos, Warren Spector. Além de escrever, passou dois anos como editora associada na revista *Amazing Stories*.

COLECIONANDO *AS CRÔNICAS DE GELO E FOGO* NA ERA DO NOOK* E DO KINDLE

JOHN JOS. MILLER

A fantasia épica de George R. R. Martin, *As Crônicas de Gelo e Fogo*, atualmente no quinto volume, é uma raridade no mundo dos livros: é uma série que rompe os muros do gueto da fantasia/ficção científica. É imensamente popular entre críticos e leitores em geral, e está ganhando muita atenção nos círculos acadêmicos, antes mesmo da publicação do último livro da série.

Embora seja difícil conseguir dados concretos e confiáveis, parece justo dizer que *Gelo e Fogo* vendeu ao menos 15 milhões de cópias pelo mundo, embora essa conta não considere o volume publicado mais recentemente, *A Dança dos Dragões*. Foi amplamente relatado que *A Dança* vendeu mais cópias no primeiro dia do lançamento do que qualquer outro livro em 2012, totalizando 298 mil cópias (170 mil em livro físico; 110 mil em

* Nook é o leitor de livros digital (e-reader) comercializado pela rede de livrarias Barnes & Noble, dos Estados Unidos. Ao contrário do Kindle, o Nook não é vendido no Brasil. (N. T.)

e-book; 18 mil em audiolivro). As vendas totais até a data são desconhecidas, ou pelo menos não foram divulgadas.

Há várias boas razões para essa popularidade toda. O mundo de *Gelo e Fogo* é épico no escopo, povoado por dezenas de personagens cuidadosamente delineados e escrito em uma prosa maravilhosamente descritiva. Uma adaptação para a TV do universo de Martin, magistralmente produzida, escrita e interpretada, atraiu uma multidão de leitores que de outro modo não teria cohecimento da série.

As Crônicas de Gelo e Fogo se posicionam no meio da lacuna entre as publicações em e-book/livro de papel. Ainda que isso não seja inteiramente responsável por sua popularidade crescente, suspeito que ter abraçado a nova tecnologia tenha algo a ver com esse sucesso fenomenal. *A Guerra dos Tronos*, o primeiro volume da série, foi publicado em 1996, quando não havia nada parecido com um e-book. O mais recente, *A Dança dos Dragões*, apareceu em 2011, época do *boom* das vendas dos e-books. O que isso significa para leitores em geral e, mais pertinente a este artigo, para os colecionadores de livros?

O primeiro volume de *As Crônicas de Gelo e Fogo* a ter lançamento simultâneo de cópias em e-book e em papel foi *O Festim dos Corvos*, de 2005. Nessa época, os volumes anteriores estavam sendo reeditados em formato digital. *A Dança dos Dragões* teve lançamento simultâneo de cópias em e-book e em papel, como provavelmente acontecerá com os próximos volumes da série. Nos primeiros títulos, as vendas em e-book ficaram atrás até mesmo dos audiolivros, mas, com a publicação de *A Dança dos Dragões*, as vendas dos lançamentos em e-book e em capa dura estão, segundo Martin, empatadas. Os padrões de vendas estão claramente mudando e, provavelmente, se inclinarão ainda mais no futuro. Embora o futuro ainda seja incerto, duvido que a proliferação de e-books signifique o fim das edições de papel.

Vários fatores contribuem com essa crença. Primeiro, a venda de livros impressos permanece inalterada pelo advento da publicação eletrônica. Mais detalhes serão apresentados adiante, mas as editoras, tanto grandes quanto pequenas, continuam produzindo ferozmente várias edições de *Gelo e Fogo*, e, uma vez que os livros são adquiridos, seus proprietários são bastante relutantes em se separar deles.

A humanidade pode ser classificada — entre outras coisas — em colecionadores e não colecionadores. Para justificar minhas opiniões, já adianto: estou firmemente no campo dos colecionadores. Gosto do processo de encontrar e adquirir objetos (incluindo livros) que me interessam, e de possuir coisas que tenham uma existência física. Para mim e para muitos outros, colecionar é uma necessidade primária, equivalente a comer e dormir. Esse traço não vai desaparecer tão cedo da natureza humana.

Algumas mudanças no mundo editorial estão ocorrendo, no entanto. A popularidade crescente dos e-books provavelmente significa a morte do mercado das edições de massa. Isso não é uma coisa ruim, uma vez que as políticas de devolução de "encalhes" associadas a esse formato — especificamente, a retirada das capas para devolução e destruição dos miolos dos livros — são caras e trabalhosas. Os e-readers são uma alternativa conveniente, simples e cada vez mais acessível ao envio de grandes quantidades de livros que acabariam por ficar nas prateleiras, e, eventualmente, seriam reciclados.

Além disso, muitas edições limitadas são produzidas por pequenas editoras, e não pelas grandes, que integram corporações multinacionais (há exceções, como as edições de luxo de *Gelo e Fogo* da HarperCollins). Essas pequenas editoras em geral têm um melhor senso estético do que as multinacionais, que estão totalmente voltadas ao lucro. Mas mesmo as gigantes podem e produzem volumes superlativos quando desejam, como as edições autografadas e limitadas da antologia *Legends*, de Robert Silverberg.

Embora o contexto econômico atual seja difícil, há uma infinidade de pequenas e nem tão pequenas editoras produzindo em curto prazo primeiras edições artísticas e limitadas, não só da obra de Martin, mas de um amplo espectro de autores de ficção científica e fantasia. Provavelmente, há tantas edições limitadas que só os mais abastados colecionadores podem tentar uma coleção completa do gênero, algo que poderia ter sido feito com facilidade em décadas passadas.

Apesar da inquietação dos pessimistas, que já se arrasta bem de antes de Dickens — suspeito que, se existissem editores no tempo de Homero, eles teriam ouvido a mesma lenga-lenga que escutamos hoje —, a indústria editorial não vai acabar tão cedo. Tanto e-books quanto livros de papel permanecerão parte do modelo de negócios, em menor ou maior proporção, por um futuro previsível. Isso não quer dizer que as ideias sobre o que constitui um livro ou mesmo uma publicação não estejam mudando.

Já que a proliferação de e-books torna as revisões simples até mesmo para textos publicados, uma questão artística surge a respeito do conceito de "obra acabada". Alguns autores — particularmente de ficção científica e de fantasia, como Michael Moorcock e F. Paul Wilson — costumam revisitar antigas obras, polindo-as ou alterando-as para encaixá-las mais facilmente na estrutura de uma série.

Como leitor e colecionador, fico um pouco dividido com essa prática, mas parece que os fãs de *Gelo e Fogo* têm pouco com o que se preocupar a esse respeito. Martin não tem planos de revisar seus volumes anteriores. "A obra é a obra", ele me disse há muito tempo. "Nada foi cortado dela, então não há nada para ser colocado." Qualquer viagem paralela em seu universo continuará na forma de contos (como, por exemplo, as histórias de Dunk e Egg), para elucidar incidentes fora da história principal. Não haverá necessidade de colecionar edições posteriores de *Gelo e Fogo* para ficar em dia com a história acabada.

Portanto, se você pretende colecionar qualquer edição da série, há algumas coisas que provavelmente deve considerar.

Como em qualquer área de colecionáveis, os colecionadores de livros criaram seu próprio conjunto de regras, uma sabedoria comum partilhada, construída sobre séculos de experiência — embora pessoalmente eu considere essas regras, como se diz, mais como diretrizes. Forme sua coleção do jeito que quiser, não a partir de leis estritas que podem estragar sua diversão. Por exemplo, o senso comum diz que, se você coleciona livros autografados, deve fazer com que o autor escreva apenas o próprio nome — chamado "autógrafo direto" —, sem uma inscrição pessoal, porque alguns comerciantes acreditam que um livro com um autógrafo direto é mais fácil de vender e, portanto, mais valioso do que um dedicado ao "meu querido Humperdink".

Acho que isso é um erro. Primeiro, não me importa quanto minha coleção valerá quando for vendida algum dia, porque quando isso acontecer eu estarei morto, e seu valor monetário será irrelevante para mim. Segundo, gosto de livros autografados por causa da sensação de conexão pessoal que eles conferem entre leitores e os autores. Um livro com uma dedicatória implica uma ligação ainda mais próxima do que um simples autógrafo. Mesmo se o livro não está dedicado pessoalmente a mim, o sentimento revela algo dos pensamentos e da personalidade do autor. Para mim, isso torna o volume mais interessante e ainda mais valioso do que um simples autógrafo.

Mas esse sou eu. Como colecionador, você deve seguir suas próprias regras. Com isso em mente, no entanto, há alguns parâmetros básicos que elevam um volume comum à classe de colecionável. Esses parâmetros se dividem em três áreas: primazia, escassez e estética. Uma vez que esses fatores são levados em consideração, a condição também entra em jogo. Analisarei brevemente essas categorias, no que dizem respeito à colecionabilidade, e então as relacionarei com os livros de *Gelo e Fogo*.

A primazia se relaciona com a noção de primeira edição, o que pode ser mais complicado do que se pensa. Os colecionadores avaliam a primeira cópia de um título. As informações a esse respeito podem ser encontradas na ficha catalográfica ou na página de *copyright*, que normalmente aparecem depois da página de rosto e antes que o texto comece. Embora para alguns editores em certas épocas essa informação seja difícil de interpretar, ela é fácil de localizar em todos os livros de *Gelo e Fogo*. Usarei apenas um como exemplo, mas o dado apresentado é similar para todos. A primeira edição norte-americana do primeiro volume, *A Guerra dos Tronos*, traz:

A Bantam/Spectra Book / September 1996
10 9 8 7 6 5 4 3 2 1
A primeira edição britânica, por sua vez, traz:

HarperCollins Publisher 1996/123456789

Os números se referem à tiragem específica (maiores informações podem ser encontradas em seguida).

Algumas vezes, distinções são feitas quando mudanças ocorrem no meio de uma tiragem, como uma mudança na cor ou uma adição ou subtração de texto na contracapa. Variações como essas são chamadas "estados" e, novamente, cabe ao colecionador decidir se ele deve se preocupar com isso. Felizmente, essa complicação não se aplica a *Gelo e Fogo*, porque nenhuma distinção de estados surgiu, pelo menos nas edições norte-americana e britânica.

A noção de "primeira edição" também se torna confusa porque por algumas editoras descrevem um livro em particular como "primeira edição, *x* impressão". O número da tiragem atual de um livro específico pode ser encontrado na ficha catalográfica, como visto anteriormente. Tenho observado essa distinção nas listas de títulos de *Gelo e Fogo*. Novamente, cabe a cada colecionador, mas a maior parte não vai achar graça em uma tiragem inicial, mas não primeira, dos livros de *Gelo e Fogo*.

A escassez está de algum modo relacionada à primazia. As primeiras edições, em geral, têm tiragens menores do que as posteriores, e o livro inicial de uma série de sucesso normalmente tem uma primeira tiragem menor do que os títulos subsequentes. Esse é o caso de *As Crônicas de Gelo e Fogo*. A série foi se tornando mais popular a cada volume, então cada sequência tem primeiras edições cada vez maiores. Só uns poucos milhares de volumes foram impressos na edição original de *A Guerra dos Tronos*, comparada com as centenas de milhares de *A Dança dos Dragões*. Todos os cinco livros passaram por incontáveis tiragens e edições. Embora brochuras e edições de bolso ainda não tenham aparecido enquanto escrevo este texto, é só questão de tempo até que isso aconteça.

Assim que *Gelo e Fogo* se tornou bem estabelecida, Meisha Merlin publicou uma edição limitada e autografada com um extenso trabalho artístico feito por artistas notáveis de ficção científica e fantasia. Esses livros instantaneamente se tornaram um grande sucesso no mercado de livros colecionáveis. Quando

Merlin saiu do negócio, a Subterranean Press assumiu o nicho das edições limitadas com *A Tormenta de Espadas* e, sem dúvida, continuará até o final da série. Também anunciaram planos de republicar os dois volumes de Meisha Merlin em um formato idêntico aos volumes da Subterranean. Isso é uma circunstância incomum, mas mostra a popularidade crescente da série. Meu palpite é que esses volumes também serão ansiosamente recebidos pela comunidade de colecionadores.

Edições limitadas são muito procuradas por causa da costumeira qualidade estética de seu *design*, o que inclui elementos como caixas especiais, guardas refinadas, bordas de páginas douradas e uma porção de trabalhos dos melhores artistas da área. Aplique autógrafos do autor e dos artistas com autenticação garantida e limite as tiragens de grandes editoras a centenas, em vez de milhares, e você terá um produto popular entre colecionadores mais exigentes de um escritor ou gênero em particular, ou simplesmente da boa arte e escrita em geral.

Meisha Merlin publicou 448 cópias numeradas e 52 marcadas com letras (de A até ZZ) de *A Guerra dos Tronos* em 2002 e de *A Fúria dos Reis*, em 2005. Esses volumes foram vendidos antes mesmo de sua publicação, já que, normalmente, colecionadores costumam fazer encomendas com antecedência ou assinar as séries inteiras. De modo geral, conjuntos similares de números ou letras são preferíveis a conjuntos com números ou letras variados, mas, é claro, também é muito difícil consegui-los se você chegar atrasado no jogo.

A Subterranean Press, tomando para si o desafio de *Gelo e Fogo* quando Merlin saiu do negócio, produziu quantidades similares de edições numeradas e com letras de *A Tormenta de Espadas*, em 2008, e *O Festim dos Corvos*, em 2009, com planos de continuar a série conforme mais títulos se tornem disponíveis.

A Dança dos Dragões foi publicado em outubro de 2012. Como já comentei, eles também têm planos de lançar suas próprias versões dos dois primeiros títulos. O formato deles é diferente do de Merlin, com cada título dividido em dois volumes.

Nesse momento, seria difícil produzir uma coleção de edições limitadas. Os proprietários atuais desses volumes não estão dispostos a vender seus exemplares, mas, se estivessem, não ignorariam o fato de que o valor de mercado só aumentaria.

A informação a seguir, retirada do site AbeBooks, que tem 40 milhões de livros à venda em seu banco de dados, é um panorama do mercado em um momento preciso do tempo (nesse caso, início de dezembro de 2011), mas reflete adequadamente o estado de disponibilidade e custo dos títulos de *Gelo e Fogo*.

A única edição limitada da Meisha Merlin/Subterranean Press atualmente no mercado é um conjunto completo dos quatro primeiros títulos. O conjunto é do lançamento numerado (no 38) e está descrito "como novo". O preço pedido é de dez mil dólares.

Se colecionar as primeiras edições limitadas parece impossível nesse momento, há sempre as primeiras edições para as quais é possível voltar. *Gelo e Fogo* tem feito um sucesso mundial impressionante, então você pode estar interessado em adquirir a primeira edição publicada em sua língua, mas a grande popularidade da série, que tem aparecido em dezenas de países em quase todas as principais línguas do mundo, torna impossível examinar com detalhes edições que não estejam em inglês.

Em vez disso, vou estabelecer a primazia de publicação nesse idioma. Felizmente, com uma exceção um pouco complicada, isso é fácil. Já estabeleci uma base para identificar as primeiras edições em todo o mundo em um artigo na revista *Firsts*, "Colecionando George R. R. Martin", ainda em 2001.

A Guerra dos Tronos é a exceção difícil. Lançado tanto pela HarperCollins Voyager (Reino Unido) quanto pela Bantam Spectra (Estados Unidos) em 1996, a edição da Bantam é a primeira de verdade em todo o mundo, precedendo a britânica em vários meses. Embora a ficha catalográfica das edições Bantam liste a publicação como sendo de setembro, a editora na verdade imprimiu *A Guerra dos Tronos* para a convenção da Associação de Livreiros Americanos de maio de 1996. Cópias adicionais também foram distribuídas na convenção de ficção científica Westercon, no feriado de 4 de julho do mesmo ano.

Isso é uma boa notícia para aqueles que colecionam os lançamentos mundiais. Embora a tiragem inicial de *A Guerra dos Tronos*, da Bantam, tenha sido pequena, ela certamente ofuscou a de 1.500 exemplares no Reino Unido da HarperCollins, ainda mais se considerarmos que muitos desses livros foram comprados por bibliotecas e estão indisponíveis para o mercado de colecionadores.

As edições da HarperCollins dos três títulos seguintes, *A Fúria dos Reis* (1998), *A Tormenta de Espadas* (2000) e *O Festim dos Corvos* (2005), foram todas lançadas antes das da Bantam nos Estados Unidos, e são os primeiros exemplares mundiais.

A Dança dos Dragões foi lançado simultaneamente em 2011 nos Estados Unidos e no Reino Unido pelas respectivas editoras, então podem ser descritas como coprimeiras edições. Contudo, Martin levantou um ponto interessante: tanto as livrarias britânicas quanto as americanas fizeram festas de lançamento à meia-noite do primeiro "dia" do lançamento oficial do livro. E temos que admitir que a meia-noite chega primeiro ao Reino Unido. Isso é suficiente para estabelecer a prioridade da edição britânica? Deixarei que o colecionador pondere.

Tal prioridade é, dessa maneira, estabelecida pela edição da Bantam (americana) do primeiro volume, e pelas edições da HarperCollins (britânica) dos três seguintes, com o quinto tendo coprimeiras edições. Dada a impossibilidade de colecionar as britânicas, muitos colecionadores, especialmente americanos, se contentam em ir atrás das edições da Bantam como primeiras. É claro, elas são obviamente as primeiras americanas.

Rapidamente se seguiram outras tiragens e edições de todos os títulos, com diferentes capas e formatos. Algumas — por exemplo, a edição de capa dura, na caixa, da HarperCollins, limitada a mil conjuntos — ultimamente têm se provado populares entre os colecionadores. As únicas edições limitadas consideradas aqui, no entanto, são as edições numeradas/com letras da Meisha Merlin/Subterranean Press, devido à sua escassez, qualidade artística e autógrafos autenticados de artistas e autores.

Uma vez que fatores de prioridade fazem os colecionadores desconsiderarem tiragens e edições posteriores, a condição se torna importante. Não há ciência para averiguar condição, ainda que colecionadores de moedas, de cartões de beisebol e de quadrinhos nos façam crer o contrário. É tudo opinião. E opinião garantida, experiente e culta é mais valiosa do que opinião inocente ou (especialmente) inescrupulosa. Se entrar no campo dos colecionadores, você deve se informar e procurar uma opinião confiável sobre qualquer objeto que planeja adquirir.

A quantidade de livros de *Gelo e Fogo* em suas várias primeiras tiragens, especialmente as dos três primeiros volumes, é limitada, mas também devemos lembrar que foram publicados recentemente. Por isso, apenas aqueles livros em melhores condições, perto de "bom" ou "excelente" — tanto a capa quanto o livro em si — podem sem considerados colecionáveis.

Não há dúvidas de que as edições da Bantam americana são mais comuns do que as edições britânicas da HarperCollins, embora comum, nesse caso, seja um termo relativo. As únicas primeiras edições da HarperCollins na AbeBooks são cópias de *A Dança dos Dragões*. Sei que *A Guerra dos Tronos* é um título escasso, mas fiquei surpreso em ver que os quatro primeiros livros estão totalmente ausentes. Até mesmo *A Dança dos Dragões* era escasso, com apenas seis cópias em condição de colecionável listadas. Os preços variavam de 65 a 153 dólares, com uma média de 103 dólares. Note que todas essas cópias são autografadas, o que aumenta o seu valor. Perceba também que Martin gosta de autografar e o faz com frequência, e muitas cópias autografadas de seus livros podem ser encontradas no mercado.

Muitos revendedores estão anunciando os livros de capa dura, na caixa, da HarperCollins como primeiras edições, com preços para cópias autografadas de *A Guerra dos Tronos* que podem ir de 50 a 350 dólares. Não há como essas edições tardias serem consideradas lançamentos. Ainda veremos que impacto isso trará ao mercado de colecionadores.

As edições da Bantam são um pouco mais comuns. Vamos começar com conjuntos completos, para aqueles que estão atrasados no assunto. Se você quiser adquirir todas as primeiras edições da Bantam de uma vez só, um conjunto com os cinco livros, perto de "bom" ou "excelente", saiba que está avaliado em três mil dólares.

Todas as cópias citadas a seguir estão em condições de colecionáveis (perto de "bom" ou "excelente"), tanto livro quanto a capa.

A Guerra dos Tronos mostra oito cópias disponíveis, todas autografadas, com preços que vão de 500 a 1.500 dólares, com uma média de 956 dólares. Quando escrevi o primeiro artigo na *Firsts*, em 2001, essa média era de 250 a 300 dólares.

A Fúria dos Reis apresenta duas cópias autografadas disponíveis, a 575 e 650 dólares; média de preço de 612 dólares. Três cópias não autografadas também estão disponíveis, a preços que vão de 150 a 250 dólares, com média de 200 dólares. Em 2001, a variação de preço para este volume ia de 30 a 50 dólares.

A Tormenta de Espadas é representado por quatro cópias autografadas, de 140 a 300 dólares; média de preço de 216 dólares. Uma cópia não autografada estava listada por 115 dólares. Em 2001, este título era vendido por 15 a 30 dólares.

O Festim dos Corvos tinha cinco volumes autografados, de 50 a 300 dólares; com média de 153 dólares. Havia ainda uma cópia não autografada por 60 dólares.

A Dança dos Dragões, com sua imensa primeira tiragem, tinha um grupo relativamente pequeno de 24 cópias autografadas, entre 49 e 150 dólares (média de 82), e quatro não autografadas, entre 31 e 40 dólares (média de 35). Eu imaginava que haveria mais cópias disponíveis. Sugiro que confira os sebos, mas lembre-se, novamente, que você está procurando por primeiras edições. Embora houvesse várias centenas de milhares de exemplares, muitas parecem já ter desaparecido nas mãos do público em geral, que nem sequer sabe a diferença entre uma primeira edição ou uma edição de bolso. Isso pode ser uma boa notícia para um colecionador determinado (e sortudo).

A existência de edições em e-book de todos os títulos não causou efeito perceptível no mercado de colecionadores. Em algum momento, é claro, o mercado chegará ao ápice e os preços estabilizarão, mas não vejo isso acontecendo no futuro próximo.

Pode não ser uma má ideia abocanhar essas primeiras edições não autografadas disponíveis de *A Dança dos Dragões* e esperar que George apareça na sua área em breve.

John Jos. Miller tem cerca de dez romances e vinte contos publicados, assim como roteiros de quadrinhos, livros para a série Wild Cards e mais de uma centena de posts para o blog chessemagnet.com. Está escrevendo sobre a história do beisebol, especialmente no século 19 e as Ligas Negras. É um dos membros originais do grupo do Novo México, que criou a franquia de super-heróis Wild Cards. Além de ter histórias em três dos títulos atualmente disponíveis da Tor Books, também é autor de dois volumes de RPG de Wild Cards, para a editora Green Ronin. Realizou a adaptação de *In the House of the Worm*, de George R. R. Martin, uma história de terror gótico que acontece em um futuro distante em uma Terra moribunda. Suas colunas no cheesemagnet.com tratam principalmente do cinema e da ficção de fantasia. Também doa livros e filmes com frequência, então fique atento para ver se não consegue alguma coisa.

Além do Gueto

Como George R. R. Martin combate a guerra dos gêneros

Ned Vizzini

Qual a parte mais difícil de se escrever um livro? É uma boa pergunta — e uma que recebo com frequência de autores preocupados —, mas a resposta nunca é o que as pessoas pensam. Começar pode ser difícil, sim, e terminar pode ser simplesmente brutal — como a longa espera por *A Dança dos Dragões* demonstrou. Mas a parte mais difícil chega quando você termina o livro e o vende, e então deve fazer um minucioso e destemido inventário moral para tentar receber notas de publicidade. Assegurar comentários positivos de outros autores sobre sua obra é o máximo que você provavelmente chegará a pedir aos seus ídolos; minha estratégia é implorar.

Quando me propus a conseguir comentários positivos para um livro de fantasia direcionado a jovens adultos, que vendi em 2010, a pessoa para quem eu mais queria implorar um comentário era George R. R. Martin. Ao ler sobre a influência dos jogos de RPG na cultura americana, descobri sua obra por meio de *Dreamsongs: Volume II* — que, se você já está se coçando por

The Winds of Winter (provável título do próximo livro de *As Crônicas de Gelo e Fogo*), documenta as aventuras criativas de Martin em Los Angeles com um cinismo digno de Tyrion Lannister. Em *Dreamsongs* soube que, em 1983, Martin começou a jogar tanto *Call of Cthulhu* e *Superworld* que parou de escrever por um ano e quase foi à falência. Ele explica isso em uma introdução sobre os livros da série Wild Cards, que resultaram de sua obsessão: "[Minha esposa] Parris costumava espichar os ouvidos na porta do meu escritório, esperando ouvir o som do teclado do computador lá dentro, mas tudo o que ouvia era o chacoalhar sombrio dos dados".

Essa foi a primeira vez que li sobre um escritor que tinha problemas com jogos de fantasia, ao contrário de, digamos, vícios em álcool ou drogas. Já que eu havia recentemente me livrado de dez anos de obsessão por *Magic: The Gathering*, enxerguei em Martin uma alma gêmea, alguém que poderia me entender — e mergulhar em meu livro. Meu editor aprovou minha busca pelo comentário do autor, já que Martin é um sucesso fenomenal, com mais de 8,5 milhões de livros vendidos da série *As Crônicas de Gelo e Fogo*, segundo o *USA Today*. Mas essas vendas são apoiadas por um elemento surpreendente para um autor mergulhado em jogos de RPG e no gênero da ficção — a aprovação da crítica tradicional. A revista *Time* deu a ele o melhor dos elogios em 2005: "O Tolkien americano".

Mas quando isso se torna uma distinção? Tolkien tem sido parte da nossa cultura há tanto tempo que é fácil esquecer que *O Senhor dos Anéis* foi ridicularizado como escapista — e, pior, estrangeiro — quando surgiu nos Estados Unidos. Você pode ter uma ideia do quão hostil foi a recepção na excelente revisão crítica de fantasia de 2012, *E Se: Encantamento Moderno e Pré-História Literária na Realidade Virtual*, da Oxford University

Press. "Certas pessoas — especialmente, talvez, na Inglaterra — têm um apetite vitalício por lixo juvenil", declarou Edmund Wilson em 1956. "O que aparentemente traz alento para suas sensibilidades pós-adolescentes não é o tratamento erudito, mas as pouco exigentes e confortáveis histórias feitas para crianças", censurou a *Life*.

Esse argumento — de que a fantasia é simplista, estereotipada e infantil — tem mantido o gênero em um gueto desde sua criação como forma literária moderna, no século 19. Embora esteja se esgueirando para dentro da academia há anos, e Martin tenha acelerado esse movimento de aceitação pelos círculos sérios, como o *New York Times Book Review*, o gênero ainda é desprezado por muitos críticos como uma fórmula criada passo a passo para servir a um mercado: *nerds*, como eu, Martin e, sim, você. A história da fantasia, passando pela formulação, atravessando o desprezo da crítica até o sucesso popular e a tardia avaliação acadêmica, é parte de um conflito intelectual tão extenuante quanto a Guerra dos Reis de Nove Moedas — *a guerra dos gêneros* —, que está só agora se aproximando de uma calmaria.

Mais do que qualquer coisa, "gênero" é um termo de marketing. Serve para ajudar os livreiros a organizar os livros nas prateleiras e, portanto, não tem muita importância antes de sua ascensão como um produto do mercado de massa na Inglaterra de meados de 1800, quando os custos reduzidos de impressão levaram a uma explosão de *penny dreadfuls** extravagantemente ilustrados. Vendidos como literatura para os leitores das classes mais

* Publicações muito baratas de aventura, policial e terror vendidas na Inglaterra, no século 19. O nome é proveniente do termo "penny", valor de moeda que seria equivalente ao centavo. (N. T.)

baixas e da classe média, forçaram os críticos a traçar a primeira linha na guerra dos gêneros: entre ficção "literária" e "popular".

Estava claro para os acadêmicos que a obra de, digamos, George W. M. Reynolds (que nunca usou "face" quando "semblante" era suficiente, e evitava "disse" em favor de "proferiu") não era literatura. Devia ser outra coisa, e "porcaria" parecia indelicado. O problema era que as pessoas *adoravam*: em dez anos, segundo o The Victorian Web, Reynolds vendeu mais de um milhão de cópias de *The Mysteries of London* e de sua sequência, *The Mysteries of the Court of London*, números que os tornariam best-sellers até mesmo hoje. Ficção "popular", portanto, parecia um lugar seguro para separar essa produção de trabalhos sérios.

No entanto, mesmo separada da literatura, a ficção popular era vista como uma ameaça. Henry James advertiu sobre isso no ensaio de 1884 "A Arte da Ficção", direcionado a Robert Louis Stevenson, que acabara de escrever um conto de aventura muito querido, chamado *A Ilha do Tesouro*. Para ele, "um romancista escreve de e sobre 'toda a experiência' e visa representar nada menos do que a 'vida' em todas as suas complexidades", afirma Ken Gelder em sua pesquisa de 2004, *Popular Fiction: The Logics and Practices of a Literary Field*. Em contraste, "*A Ilha do Tesouro* [...] não é nada mais do que fantasia".

Stevenson respondeu a isso em um ensaio de sua autoria, "falando precisamente por essas qualidades encontradas no 'romance de aventura' que Henry James desprezou tanto: um enredo ou uma 'história', bem como 'perigo', 'paixão' e 'intriga'". Embutido em sua defesa está o problema que ainda hoje dificulta a ficção de fantasia: "perigo" e "intriga" são uma coisa, e ambos aparecem em abundância em *As Crônicas de Gelo e Fogo*, mas o que faz um livreiro guardar um livro na seção de "fantasia" é, em geral, a história do garoto da fazenda que não percebe que é um príncipe; ou que precisa enfrentar uma série de desafios ligados aos quatro elementos. A persistência do clichê na fantasia permite aos críticos da tradição jamesiana continuar desprezando esse tipo de história como material infantil, enquanto Stevenson e seus contemporâneos preferem pensar em si mesmos como pioneiros da imaginação.

A imaginação era uma força poderosa na Europa do século 19. Pessoas educadas não deviam imaginar muito, para que não sofressem como duas vítimas de conflitos anteriores na guerra dos gêneros: Madame Bovary, que lia romances românticos demais, ou Dom Quixote, que lia muitos contos de cavaleiros. A literatura verdadeira devia ser ambientada no mundo real, na qual pessoas do mundo real enfrentavam problemas do mundo real. Como Rousseau argumentou em 1762: "O mundo real tem seus limites, o mundo imaginário é infinito. Já que somos incapazes de alargar o primeiro, vamos restringir o outro".

Mas a imaginação tinha lugar entre as massas no folclore, na sátira e na literatura infantil, como em *Alice no País das Maravilhas* (1865). Sob o disfarce de ficção juvenil, os contos fantásticos eram aceitáveis até mesmo para leitores das classes superiores, alguns dos quais, como Stevenson, cresceram para se tornar autores que não podiam mais ficar restritos ao modo realista sancionado pelo Iluminismo. Eles produziram livros na virada do século 20 que abraçavam a impossibilidade, mas eram baseados na realidade. Júlio Verne chamava essas obras de *As Viagens Extraordinárias*; H. G. Wells, de "romances científicos", e esse termo funciona para mim, pois enuncia as características necessárias dos livros de premissas fantásticas e prosa empírica.

Em parte, os romances científicos — aqui incluídos *As Minas do Rei Salomão* (1885), de H. Rider Haggard, *The Gods of Pegãna* (1905), de Lord Dunsany, e *With the Night Mail* (1909), de Rudyard Kipling — eram uma resposta ao clima antisséptico trazido pela era moderna. No final do século 19, a ciência estava chegando às explicações mais básicas do mundo natural (ou então era o que pensávamos; ninguém jamais esperou que precisaríamos da CERN*). As pessoas tinham a oportunidade de se separar completamente de um significado espiritual — de abandonar suas almas em favor do frio e rígido intelecto —, e a subtração da magia da vida cotidiana deixou um vazio. O romance científico se esforçou para preenchê-lo enquanto permanecia fiel ao secularismo que o mundo moderno exigia. Isso significava apresentar histórias como se fossem não ficção, enriquecidas com glossários, notas de rodapé e aquele componente essencial de todo romance de fantasia atual: o mapa. Ao entupir seus textos de conteúdos auxiliares, esses autores antecipavam a tarefa de construção de mundos dos escritores de fantasia contemporâneos, criando um mundo coerente no qual os leitores fazem seu passeio.

Esse novo movimento exigiu atenção da crítica. Por um lado, escritores de romances científicos ultrapassavam George W. M. Reynolds e os *penny dreadfuls* com base em suas habilidades. Wells, Verne e Kipling não eram mercenários, eram talento-

* Sigla francesa para Organização Europeia para a Pesquisa Nuclear, maior laboratório de física de partículas do mundo, localizado na região noroeste de Genebra, na fronteira franco-suíça. (N. T.)

sos e profissionais contadores de histórias que exibiam uma resposta legítima e coesa à era moderna. Seus livros também foram amados ao redor do mundo, mesmo por crianças que mais tarde se tornariam intelectuais. Como Jean-Paul Sartre diz de Verne: "Quando abria [seus livros], me esquecia de tudo mais. Aquilo era leitura? Não, era a morte por êxtase". Se você passou semanas em *As Crônicas de Gelo e Fogo*, sabe do que ele está falando.

No entanto, o sucesso do romance científico não influenciou os críticos, que acusavam o gênero de ser juvenil, ter personagens pouco desenvolvidos e não se engajar nos problemas do mundo real. Felizmente para eles, logo surgiu um gueto mais específico para colocar essas obras: "ficção científica e fantasia".

Essa categoria dupla, já formalmente separada pelo crítico Darko Suvin, mas ainda encontrada em muitas livrarias com um símbolo em forma de dragão, estabeleceu-se na América no início do século 20, através de revistas *pulp**. Como gênero em si, as *pulps* eram um produto de marketing, segundo a obra de Richard Mathews, *Fantasy: The Liberation of Imagination*, criado para competir com os romances baratos de ficção popular. Em suas páginas, vários dos principais antecessores de George R. R. Martin foram impressos pela primeira vez, e foram estabelecidos muitos clichês que ainda guiam a fantasia: espadas e magia**, espadas e sandálias*** e a feiticeira malvada e sexy. H. P. Lovecraft, que usou o formato para criar um mundo de deuses alienígenas, sentia que as histórias de fantasia tradicionais eram

* Revistas *pulp*, ou *pulp fiction*, eram publicações feitas com papel de baixa qualidade, em geral dedicadas a histórias de fantasia ou ficção científica, que começaram a ser publicadas nos Estados Unidos no início do século 20. (N. T.)

** Gênero de ficção caracterizado por temas ligados à mitologia, magia fantástica e guerreiros. (N. T.)

*** Gênero de ficção caracterizado pelos épicos greco-romanos que narram mitos heroicos da Antiguidade, como Hércules, Aquiles, entre outros. (N. T.)

inúteis, assim como observa Tyrion Lannister em *A Dança dos Dragões*: "Dragões falantes, dragões que cospem ouro e pedras preciosas [...] absurdo, tudo isso". Lovecraft, em particular, fez um grande esforço para criar cenários empíricos em seus contos, incluindo o *Necronomicon*, um livro fictício de magia negra que desde então foi publicado em várias versões. Infelizmente, ele teve pouco sucesso em vida — e, na morte, Edmund Wilson rejeitou sua obra como "brincadeira de meninos".

Ainda fora do reino da crítica literária, leitores de *pulp* tratavam "ficção científica e fantasia" como mais do que uma brincadeira. Eles discutiam extensivamente e construíam as bases para o que conhecemos hoje como "*fandom*"*. Hugo Gernsback, editor de *Amazing Stories*, resolveu prestar o imenso serviço de publicar o endereço daqueles que enviavam cartas, permitindo aos leitores contatar uns aos outros diretamente para discutir a obra. Em meados do século 20, o gênero superava a ficção literária por algo como nove a um, mas mesmo assim ainda tropeçava na crítica estabelecida, que continuava comprometida com os cenários do mundo real. A literatura séria era "definida pela maioria dos críticos como realismo narrativo e não admitia nada que fosse não realista", afirma Ken Keegan em *ParaSpheres: Extending Beyond the Spheres of Literary and Genre Fiction*, de 2006; em nenhum lugar do imenso vazio estilístico entre Joyce e Hemingway havia espaço para um dragão ou um deus voador.

Com a posição da crítica essencialmente inalterada por um século, leitores do gênero não podiam esperar que acadêmicos de repente dedicassem atenção a suas obsessões. Forma-

* Refere-se ao conjunto de fãs de um determinado produto midiático, geralmente relacionado a ciência, literatura ou TV. Aplica-se geralmente à internet entre os usuários que discutem on-line sobre um tema. (N. T.)

ram, então, um ambiente para-acadêmico de livrarias, fanzines e páginas de cartas nas *pulps* — e, mais tarde, nas histórias em quadrinhos — para analisar a obra no contexto de sua história sempre crescente. Um participante ativo dessa cultura era George R. R. Martin, cujas cartas de fã marcam suas primeiras aparições impressas. Em *Avengers* nº 12, de 1965, ele elogia "a ação rápida, a caracterização sólida e aquele final terrível", algumas das mesmas características que Stevenson trouxe em defesa de seu "romance de aventura". Assim, os campeões da fantasia passaram de responder às críticas de Henry James para escrever cartas a Stan Lee — mesmo depois da supernova cultural de *O Senhor dos Anéis*. As coisas não pareciam boas para a fantasia na guerra dos gêneros.

Então, chega *A Guerra dos Tronos*, publicado como um título do gênero, em 1996, com suspeitas de se tornar um imenso sucesso comercial. Desde que a saga de Robert Jordan, *A Roda do Tempo*, conquistara alta demanda, os editores entraram em uma disputa feroz pelo que seria a trilogia de *As Crônicas de Gelo e Fogo*. As vendas subsequentes diminuíram o fato de que *A Guerra dos Tronos* não foi um sucesso imediato, mas uma receita de preparo lento, encorajada por livreiros independentes, críticos e por um prêmio Locus de Melhor Romance de Fantasia. Na retrospectiva, é fácil ver por quê: Martin cresceu em um mundo no qual as regras da fantasia estavam bem estabelecidas, mas teve a coragem de romper com elas de um modo que desafiou os críticos — e os leitores.

Os escritores de gênero da época do romance científico até hoje estabeleceram alegorias para a fantasia que são menos óbvias e mais elaboradas do que bruxos de chapéus negros ou anões ranzinzas. Uma dessas alegorias, identificada por John H. Timmerman em *Other Words: the Fantasy Genre* (1983), é a "vulgaridade dos personagens". Os heróis de *Watership Down* (1972), de Richard Adams, e da série *Terramar* (1968-2001), de Ursula K. Le Guin, são pessoas comuns — ou coelhos comuns — sobrecarregadas com problemas do "povo do campo". Bilbo e Frodo são hobbits, não reis hobbits.

Martin subverte isso, retornando ao paradigma pré-fantasia. Seus catorze principais personagens de ponto de vista em *As Crônicas de Gelo e Fogo* não são fazendeiros ou pastores de cabras; são homens e mulheres de nascimento nobre, preocupados em preservar sua posição e, na maioria dos casos, em governar o mundo. Eles têm menos a ver com o jovem feiticeiro Ged de Le Guin do que com os protagonistas conspiradores de Trollope ou Thackeray. E, dessa maneira, vão contra uma tendência da ficção — de gênero *e* literária — que vem ganhando corpo desde o Renascimento. A literatura mítica se preocupa com reis e semideuses, a literatura do Iluminismo se concentra na nobreza, e a literatura moderna traz as histórias para a rua. Martin nos transporta de volta aos salões do poder, e é por isso que *As Crônicas de Gelo e Fogo* com frequência se parecem menos com uma saga de fantasia e mais com o político *Lincoln*, de Doris Kearns Goodwin.

Ele foi elogiado por Lev Grossman, autor de fantasia e criador da expressão "Tolkien americano", por destroçar o maniqueísmo da Terra-Média e substituí-lo por intrigas políticas de alto risco. Mas, por trás disso, está a recusa do autor em tornar seus personagens ingênuos — outra alegoria comum da fantasia. "Ingenuidade na fantasia é sempre uma coisa boa, que sugere que o personagem mantém uma boa vontade para se maravilhar", escreve Timmerman. "Os pragmáticos, os despojados, os endurecidos e os cínicos são, em geral, os vilões da fantasia."

Isso está muito distante da verdade em *As Crônicas de Gelo e Fogo*. Os pragmáticos são os únicos sobreviventes às traições em Westeros e Essos. O maravilhamento, que permite aos protagonistas infantilizados da fantasia tradicional entrar em outro mundo ou dar o melhor de si, é uma desvantagem aqui. Os personagens que permanecem vivos são os despojados — e, assim, dentro do retorno de Martin ao romantismo dos bem-nascidos, encontramos anti-heróis nascidos dos cínicos modernos. "[Um] herói era elevado demais para ser totalmente contaminado, então teve que contaminar a si mesmo", afirma o narrador de *Memórias do Subsolo*, de Dostoiévski. Mais do que Frodo ou as crianças Pevensie, ou mesmo os atormentados Novos Ingleses de Lovecraft, Tyrion Lannister se assemelha a esse ícone modernista: no que mais gastar o tempo se não contaminando a si mesmo?

Até mesmo a ideia de herói fica em aberto na obra de Martin. A fantasia foi dominada há muito tempo, assim como todos os gêneros de ficção, pelo mítico protagonista identificado em *O Herói de Mil Faces*, de Joseph Campbell: aquele que deixa seu lar, se sacrifica pelo bem de seu povo e renasce para viver feliz para sempre. Essa figura se tornou especialmente maçante no cinema. Ele é uma criança, ou um policial, ou um espião, comum o bastante para conquistar empatia, mas super-humano o suficiente para evitar as rajadas de balas que matam seus companheiros. Sabemos que ele vai vencer, só não sabemos como. É por isso que a morte de Ned Stark repercute tanto entre os leitores de *A Guerra dos Tronos* e entre os telespectadores da adaptação da HBO. Pela primeira vez, o herói realmente morde a isca — depois de mostrar que era um homem de família corajoso e de princípios contra o pano de fundo dos conspiradores de Porto Real. Os produtores David Benioff e D. B. Weiss, assim como Martin, que atuou como produtor executivo da série televisiva, merecem um crédito especial por garantir que Ned Stark fosse o alvo do marketing de *Game of Thrones*. O pôster tinha Sean Bean no Trono de Ferro! Ter a coragem de cortar a cabeça dele no nono episódio causou um espanto nos telespectadores comparável ao nó na garganta que seguiu a morte de Janet Leigh em *Psicose*, e que se destaca como o maior momento da cultura pop em nossa década.

No curso dos cinco livros, Martin não perdeu a mão no que diz respeito a matar homens de família, mulheres, crianças, bebês e cães, mas parece manter um desprezo especial pelos heróis nobres que povoam a fantasia tradicional. "O herói nunca morre, no entanto. Eu devo ser o herói", deseja Quentyn Martell em *A Dança dos Dragões*, um pouco antes de ser queimado. Os anseios por glória e suas ilusões de autoestima trazem à mente Dom Quixote — e, então, a fantasia faz um círculo completo, zombando dos últimos 150 anos, em vez dos séculos de mitos que formaram Cervantes.

Posso estar errado, mas é prudente presumir que *As Crônicas de Gelo e Fogo* também irá violar a mais sagrada de todas as alegorias da fantasia: o "felizes para sempre". Não parece que as coisas vão terminar bem para todos, mesmo para Tyrion. "A fantasia se prende a um de seus pontos centrais, segundo o qual o fim de uma história de sucesso é a alegria", afirma *Other Worlds*, mas é mais provável que a alegria nos Sete Reinos venha na forma de uma taça ou de uma garota do que do triunfo sobre o mal.

Dada sua impressionante subversão dos princípios mais sagrados da fantasia, seria possível esperar que *As Crônicas de Gelo e Fogo* fosse a saga que finalmente tiraria o gênero do gueto e lhe permitiria ser nivelada a, digamos, *Liberdade* (2000), de Jonathan Franzen, uma meditação similar dos fracassos e traições humanos. De certa forma, isso aconteceu: Martin apontou em seu blog que a *Time* chamou *A Dança dos Dragões* de "o melhor livro do ano (não a melhor fantasia do ano ou o melhor livro de ficção científica do ano, mas o Melhor Livro, ponto)".

Mas alguns críticos, talvez assustados com as vendas lineares da literatura de ficção, atacaram o gênero de maneira ainda mais forte. Como o romancista Edward Docx argumenta no *Observer*: "Escritores do gênero não podem afirmar ter tudo. Podem ter o dinheiro e as vendas [...]. Mas não devem ser autorizados a sugerir que essas coisas nos falam sobre o valor intrínseco ou escopo de sua obra". Segundo Martin Amis, em um livro de ensaios apropriadamente intitulado *The War Against Cliché* (2001), "Quando lemos, estamos fazendo mais do que nos satisfazer com palavras em uma página [...]. Estamos em comunhão com a mente do autor". Implícita nessa declaração está a suposição de que o gênero de ficção não provém de mentes especiais, mas de mentes comuns que não desejam nada além de vender para um público limitado a um universo previsível.

Pode-se argumentar que George R. R. Martin tem uma mente única — nascido em Bayonne, Nova Jersey, criado em meio ao *fandom* de histórias em quadrinhos, especialista em Lovecraft e Tolkien (como detalha em *Dreamsongs*), temperado pela brutalidade de Hollywood e louco o suficiente por RPG para ter um "ano perdido" devotado a esses jogos. Mas críticos mais linha-dura de "ficção científica e fantasia" podem usar acertadamente essas características como prova de que ele não escapa de suas raízes, que seus livros são apenas folhetins de fantasia em série. E, pior do que as críticas, é o louvor condescendente de leitores de literatura "séria" que se aventuram por em Westeros, tais como a memorialista Dominique Browning, que elogia Martin como uma alternativa a Tolstói em um artigo de 2012 no *New York Times* intitulado "Learning to Love Airport Lit".

Alguns críticos julgam a escrita de Martin louvável o suficiente para colocá-la acima de disputas de gênero. O *New York Times* o considera inequivocadamente melhor do que Tolkien. Na resenha de *A Dança dos Dragões*, de 2011, sua saga foi aclamada como "um romance abrangente e panorâmico à moda do século 19, transformado em fantasia heterogênea". E Nick Gevers, em *Infinity Plus*, o aplaude por sua habilidade com o gênero em si, em uma resenha da história de vampiros de 1982, *Fevre Dream*: "Sua tela *fin de siècle* pode levar a planetas moribundos, à morte da era moderna ou ao longo declínio da cavalaria, mas a morte é sempre a tônica". São palavras bem-vindas, mas que têm o carimbo de fora do gênero da fantasia, de pensadores impressionados com os feitos de um construtor maluco de mundos como Lovecraft. Poucos críticos ousaram se aproximar de *As Crônicas de Gelo e Fogo* de *dentro* do gênero e apontar o que realmente as tornam tão impressionantes.

Em poucas palavras, *As Crônicas de Gelo e Fogo* está agora disputando um título na literatura de fantasia que todos, desde o romance científico, devem ter ao menos concebido: "mundo mais complexo". São centenas de personagens, uma cronologia assombrosa e detalhada e mais de 4.500 artigos escritos até hoje em seu próprio wiki. Aqueles que leem o texto sem explorar o material adicional — sem imergir no paratexto — perdem o que torna a série única. É possível ler uma sentença como essa, de *A Dança dos Dragões*, e rejeitá-la como confusa: "O sapateiro contou para eles como o corpo do Rei Açougueiro havia sido exumado e vestido em uma armadura de cobre, depois que a Graça Verde de Astapor teve uma visão na qual ele iria livrá-los dos yunkaítas". Mas os quatro nomes próprios aqui, que exigem quatro consultas ao mapa ou ao apêndice, fazem de *As Crônicas de Gelo e Fogo* uma leitura tão atenta quanto obras de arte da literatura moderna, ainda que de modo diferente, mais *nerd*.

Martin, dessa forma, luta a guerra dos gêneros contornando-os. Trabalhando de dentro do sistema, recusando-se a se desculpar por suas obras anteriores, ele escreve livros cuja condução da história é muito sangrenta, inesperada e implacável para ser ignorada. Ao fazer isso, eleva outras narrativas de fantasia junto com a sua. Elogios de canais respeitados como o *New York Times* não ajudam apenas *As Crônicas de Gelo e Fogo*, mas legitimam a fantasia que veio antes — obras, por exemplo, de Peter S. Beagle, Roger Zelazny e Michael Moorcock —, enquanto tornam o mundo mais seguro para a incursão de romancistas literários pela fantasia, como é o caso de Lev Grossman com a série de sucesso *The Magicians*.

É improvável que a seção de "fantasia e ficção científica" desapareça em breve das livrarias (bem, pelo menos até que as livrarias desapareçam), ou que os livros de fantasia comecem a aparecer na primeira página do *New York Times Book Review* juntamente com livros sobre a anomia do século 21. Alguns críticos acadêmicos linhas-duras sempre vão mirar suas armas e descartar qualquer livro que não seja estritamente realista como "brincadeiras de meninos", talvez mais violentamente do que nunca, como se brincadeiras de meninos de verdade impedissem as próximas gerações de ler qualquer coisa.

Mas, na guerra dos gêneros, Martin está bem posicionado. Ao inverter as expectativas sobre a sua obra, silenciou alguns dos inimigos do gênero e conquistou os especialistas da cultura — e seu pacifismo honra suas raízes. Ele é como os maconheiros de Bill Hicks, sentados em árvores durante a Guerra às Drogas: "Estão lutando contra nós? Nem mesmo estamos naquele maldito campo!". É uma estratégia brilhante, digna de seus personagens.

Desde a resposta de Stevenson a Henry James, os escritores de gênero têm defendido seus livros como se, para começar, houvesse algo errado com eles. Em uma entrevista de 2007, no blog Pat's Fantasy Hotlist, Martin declarou: "Nenhum de nós quer ser mandado para o cercadinho ou ter nosso trabalho desprezado como indigno de ser seriamente considerado como literatura por causa do rótulo na lombada. Pessoalmente, acho que uma história é uma história, e a única coisa digna sobre a qual escrever é o coração humano em conflito consigo mesmo".

Essa parece ser uma sugestão que todos os críticos podem seguir, tanto de gênero quanto de literatura. Para minha própria incursão na fantasia, não preciso do selo de garantia de George R. R. Martin. Ele abriu caminhos com *As Crônicas de Gelo e Fogo*, tornando possível para pessoas como eu — e para aquelas com muito mais credibilidade literária — entrar em contato com nosso amante de fantasia interior, ao mesmo tempo em que nos desafia a melhorar a qualidade do nosso trabalho.

Ned Vizzini é autor de *It's Kind of a Funny Story*, *Be More Chill* e *Teen Angst? Naaah...* Escreve para o jornal *The New York Times*, para o site *The Daily Beast* e para o seriado *Teen Wolf* da MTV. Sua obra já foi traduzida para vários idiomas. É coautor, com Chris Columbus, da série de fantasia e aventura *Casa de Segre-*

dos. Contribuiu com as antologias Smart Pop sobre *Jogos Vorazes*, *As Crônicas de Nárnia* e *The Walking Dead*. Fez palestras em mais de duzentas universidades, bibliotecas e escolas ao redor do mundo sobre escrita e saúde mental. Recebeu um prêmio da UCLA em 2011 de Excelência em Advocacia Pública Através das Artes. Ned vive em Los Angeles com sua esposa, Sabra Embury, e o filho deles. Seu último livro, *The Other Normals*, foi publicado pela HarperCollins em 2012.

AGRADECIMENTOS

Obrigado a Glenn Yeffeth, editor e CEO da BenBella Books, por me dar mais uma vez a chance de contribuir com a marca Smart Pop; a Heather Butterfield, pelo apoio de marketing entusiasmado e criativo; a Leigh Camp, pela mágica na produção; ao time de editores e designers que melhoraram o trabalho como um todo; e especialmente a Leah Wilson, editora-chefe da Smart Pop que, com seus altos padrões e esforços incansáveis, me inspira a sempre exigir mais de mim, conseguindo deixar o processo muitas vezes difícil de editar uma antologia muito mais divertido. Além dos escritórios da BenBella no Texas e em Massachusetts, também recebi apoio e sugestões de James John Bell, Scott Cuthberston, Stephen Dedman, Marc Fishman, Jeremy Jones, Helen Merrick, Chris Pramas, Jeff VanderMeer e Stewart Woods.

Para mim, a melhor parte de uma antologia é colaborar com tantos escritores cujos trabalhos aprecio e admiro. Esse livro traz contribuições de um time de ensaístas bem-humorados, profissionais e talentosos — tudo o que um editor pode desejar. Obrigado aos agentes deles, por tornarem suas participações possíveis. E um agradecimento especial a R. A. Salvatore. A partir de conversas sobre ficção de fantasia que Bob e eu tivemos — e foram muitas desde que ele contribuiu com um conto para a primeira antologia que editei, ainda em 1993

—, sabia que ele seria uma grande escolha para abrir a coleção. Fico feliz que tenha concordado.

Finalmente, minha participação nessa obra — e, de fato, a obra em si — não teria sido possível sem George R. R. Martin. Além de nos ter presenteado com *As Crônicas de Gelo e Fogo*, George, juntamente com seu incansável assistente Ty Franck, me ajudou a dar início ao projeto, na Comic-Con de 2011, em San Diego, e me apontou vários ensaístas-chave. Sua gentileza e generosidade só se comparam à sua visão e à sua como autor.

Sobre o Organizador

James Lowder editou vários livros e séries, tanto de editoras pequenas quanto de grandes, e já coordenou antologias aclamadas como *Curse of The Full Moon*, *The Doom of Camelot*, os livros da trilogia *Flesh* e o lançamento de 2011 da Smart Pop, *Triumph of The Walking Dead*. Como autor, suas publicações incluem os best-sellers de fantasia *Prince of Lies* e *Knight of the Black Rose*, contos de ficção para antologias como *Shadows over Baker Street* e *The Repetant*, e roteiros de histórias em quadrinhos para Image, Moonstone e DC. Escreveu centenas de artigos, ensaios, resenhas filmes e resenhas de livros para publicações que vão desde *Amazing Stories* e *The New England Journal of History*, até *King Kong is Back!* e *The Unauthorized X-Men*, da BenBella. Sua obra recebeu cinco prêmios Origins e um prêmio ENnie, e foi indicada para o International Horror Guild Award e para o Bram Stoker Award. Visite seu site: jameslowder.com.

QUER SABER MAIS SOBRE A LEYA?

Fique por dentro de nossos títulos, autores e lançamentos.

Curta a página da LeYa no Facebook, faça seu cadastro na aba *mailing* e tenha acesso a conteúdo exclusivo de nossos livros, capítulos antecipados, promoções e sorteios.

A LeYa está presente também no Twitter, Google+ e Skoob.
www.leya.com.br

facebook.com/leyabrasil

@leyabrasil

google.com/+LeYaBrasilSãoPaulo

skoob.com.br/leya

1ª edição	Março 2015
papel de miolo	Chambril Avena 70 g/m²
papel de capa	Cartão Supremo 250 g/m²
tipografia	Fairfield LT STD, Trajan PRO, Akkurat
gráfica	Lis Gráfica e editora